嘤鸣友声

致李万华书简

马钧 著

GUANGXI NORMAL UNIVERSITY PRESS
广西师范大学出版社
·桂林·

嘤鸣友声：致李万华书简

YINGMING YOU SHENG: ZHI LI WANHUA SHUJIAN

图书在版编目（CIP）数据

嘤鸣友声：致李万华书简 / 马钧著. --桂林：广西师范大学出版社，2023.4

ISBN 978-7-5598-5790-3

Ⅰ. ①嘤… Ⅱ. ①马… Ⅲ. ①散文集—中国—当代 Ⅳ. ①I267

中国国家版本馆 CIP 数据核字（2023）第 021201 号

广西师范大学出版社出版发行

广西桂林市五里店路 9 号　　邮政编码：541004

网址：http://www.bbtpress.com

出版人：黄轩庄

全国新华书店经销

广西民族印刷包装集团有限公司印刷

南宁市高新区高新三路 1 号　邮政编码：530007

开本：880 mm × 1 230 mm　1/32

印张：4.375　　字数：80 千

2023 年 4 月第 1 版　　2023 年 4 月第 1 次印刷

定价：42.00 元

历尽艰辛仍觉不虚此行

李万华是我们此间颇有成就的作家之一。我的老朋友马钧兄看好她，给她作评论，竟一发不可收拾，洋洋洒洒写下去，直写成一本数万字的书。现在这本书要出版面世，老朋友嘱我看看，我点开书稿文档，单看目次，就把我吓住了：我从未见过如此新颖别致的目录形式，也从未见过如此涉猎广泛、汹涌澎湃的博引旁征。据说钱锺书先生的《管锥编》是一部打通古今中外诗心文心，又不能被归入任何学术体例的奇书。我倒是早就慕名买了，但人贵有自知之明，一直没有勇气仔细研读，搁在书架的最上层。我知道马钧兄是钱先生的拥趸，长久以来研究钱锺书而且深有心得，对钱先生推崇备至，我想，《嘤鸣友声》应是致敬《管锥编》之作。

我努力地读下去，就像攀登一座插入云峰的高山。虽然气喘吁吁，精疲力竭，却看到了奇特而美丽的风景。我看到了灵感的光华处处闪现。这部书的结构和立意多是创造性思维瞬间突发的产物，奇峰突兀，天外飞来，不免让我们这些思维平庸的人拍案惊奇；我也看到了知识海洋的广阔浩渺。本雅明曾经说过，用引言可以写成一本书。要统计马钧兄在此书中引用的语录、人物、流派和著作，这是非常困难的作业。

“我像乡下的媳妇用许多色调不一的碎布头缝制出好看的布包一样，我以我的目光，飞针走线地缀补一篇篇你的文字，我便在某日，一下子就获得了一种直觉性的确定感——到目前为止，我所能搜罗到的、有关你的所有文字给予我的一团阅读印象。稍做概括，姑且名之曰古灵精怪。”整部书稿由十篇构成，以“古、灵、精、怪”为关键词。在“古”与“灵”之间，还论述了李万华散文的“诗”性、散文的“文”性，“笔记性”“随笔性”。勾勒和梳理了李万华创作中的“原生性精神资源”。“四气”论述当然是整篇论文的主干，其中以“灵气”最为精短，计4500字。本篇中先后被“引用”的人物有刘勰（《文心雕龙》）、卡尔维诺、钟嵘、庄子（《庄子·田子方》）、袁中道（《心律》）、钱锺书（《围城》人物赵辛楣、方鸿渐）、阿尔伯特·吉尔吉（雕塑作品《忧郁》）、钱锺书（《宋词选注》）、维科、彼得·潘。仲尼、杨万里、安德烈·波切利是被引用者引出的人物。马钧从刘勰引起，迅速“兑换”成卡尔维诺，没有任何过渡，钟嵘和庄子就站在我们身后。孔子“目击而道存”的话音未落，印度因明学和佛学概念便登堂入室，还有一把日本人翻译的梯子立在我们无法预料的墙角。接着到来的是《易经》《焦氏易林》和青海人舌尖上的方言俗语。人物和典籍之间切换自如，打通了时间和地域的隔墙，他们就像是等在某个路口，随时听从评论家穿越时空的召唤。大量、紧密的引用，聚焦于李万华的第二个品相“灵气”，最终形成“灵气”同样属于“文学的一种价值、一种特质和品格”这样的论断。在密集的引用形成的逻辑链条中，评论家不时插入形象生动的点评和概括，譬如：“你的这些造句和比喻，从来不使用现成的、旧有的表达，用旧的比喻、用旧的造句，就像火柴盒擦皮被火柴头擦秃了，就擦不出火了。你是时时更新你的语言的擦皮，以保证随时随地的闪念都能擦出闪亮的火花，匪夷所思的火花，而不是仅仅擦出一股火柴头上的硫烟。”多年前，我在马钧兄一组题为《芸窗碎锦》的随笔里写道：“意象迭出、气象万千，在关于日常生活漫不经心的叙述之下，重新审视了逻辑与观念的秩序。看似随意，实际上用心深、用意奇、用词绝。在他独门所创的意境之下，生活、语词、时代都不过是材料而已。”这些特质在这篇论文中得到了淋漓尽致的发挥和张扬。

“在文学批评中，应当推崇公正典范、努力保持独立而自由的批评者尊严。”这是马钧兄曾给我的一篇评论的编前语中的一句，当为中肯、恳切之言。读马钧兄多年，品马钧兄多年，除了作为铺垫、说明、印证的“引用”部分，如果要勾勒出他的文学评论的轮廓和范式，大致由三部分构成。从理清或曲折或复杂或潜伏的情节开始，以全视角的文化镜头扫描，使用技术和经验的手术刀，解剖、解析、评价这些文字和情节，给我们提供读懂它的可能。接着分析上述的情节，挖掘它们包含的独特的思想或哲学，然后用一定的价值系统匡正评价这些思想。最后，将分析评价的作者和作品置于更广阔的艺术进步的历程中，估价其所发挥或即将发挥的作用。马钧兄幽微烛照，处心积虑，在文学研究中，已然建立起一套由此及彼、由表及里的思维机制，让读者透过他的评论，从文字的“表象”看到“内脏”，从情节的“血液”看到“经络”，从思想的“骨骼”看到“肌理”。“它以微观的幽深、繁密、娴雅、隐秘，缔造世界的精微与生机，缔造世界的曲径分岔，缔造世界的殊途同归。”李万华的创作如是，马钧兄的文学评论亦复如是。

书简写到李万华《焰火息壤·柳湾彩陶》时，马钧兄说：“但你已经把自己深深浸入到那些文物里，以沉浸式的体验，像巫者一般，穿越于远去的时空。你的‘仙家法术’既不玄虚，也不神秘，你最为拿手的功夫，恰恰是为玄虚、神秘、古奥的知识祛魅。方法就是启动自己的生活经验，唤醒早年的记忆。你不用小心地求证，你只知道大着胆子去利用自己的经验、记忆去合理想象，去进行一次次文学化的情景再现。”读到此，我更想知道像他这样渊博而率性的评论家，在这种偏于严肃和严谨的文种中，会不会、有没有启动自己的生活经验，以改变文本整体的氛围？果然，在论述到《丙申年》结尾的文脉和词气时，他笔锋一转：“结合整个文章，尤其是最末一段的语境，再细细品味一下，恕我直言，你的这个古今语境的混搭，还真有些‘穿帮’。转换一下我的意思，这文末的‘词’，如同新植的牙齿，它再怎么按照原本的模样嵌在空缺的地方，也会因为没有经过恰切而周到的磨合，多多少少让舌头和咬合肌感到一些异样和不自在……”这不再是一本正经引经据典的马钧，而是牙痛的马钧，趣味的马钧，随心所欲的马钧，浮想联翩的马钧。看起来，他新植的牙齿有点水土不服。他想，要把它写到文章里，于是，就将它写到文章里。

李万华在《金色河谷·回声》中写到缠线的技艺："爷爷的手并不灵巧，但是捻出来的毛线匀细而有弹性。我缠线团渐渐得出技巧，如果线团绕得过紧，毛线会失去弹性，我便以手做轴心，给线团留下空隙，这样绕出来的毛线团又柔软又蓬松。"马钧兄在任何"松散、宽舒，富有张力和弹性"的地方，都可以做"切口"，以期求得"不相关地相关着"。果然不出意料，他将"缠线法"蝶变为"文字章法"："这岂止是在缠线。这里你所呈现的缠线之法，完全适用于文章这种织体。文章的起承转合，不也同样需要时时给所要表达的内容和意义留下'空隙'，既不能绕得过紧，也不能绕得过松，松紧之间要保持'又柔软又蓬松'的弹性。"如果到此结束，就不是我们熟知的马钧。他快速"切换"："只保留文脉的内在指向和趋向，是书法上的笔断意连——我忽然发现我们书法的布局节奏，行笔走势，完全是笔记性的随性随意。"

当年蔡元培先生说大学是"囊括大典、网罗众家之学府也"，由此推测，大学者也应该如此。马钧兄熟谙典籍，信手拈来，惊人的学识直将这部书累积成百科全书，他庶几符合大学者的定义了。我还看到了想象的层出不穷、语言的缤纷多彩和行文的纵横捭阖，这些瑰丽的景象，在本来比较枯燥的文学评论里稀罕看到。凡此种种，都让我有历尽艰辛仍不虚此行的感觉。艺高人胆大。没有灵感、渊博和想象，没有对语言的深刻洞察和娴熟驾驭，就不可能有丰沛的创作动力，也不可能写出这样一部包罗万象的书。不仅于此，马钧兄还说："我肚子里还真垫了几根大梁般的'理论支持'。"正是文学和美学的理论大梁，撑起了这部内容庞杂、结构繁复之书的圆顶。我想，这部书已经远远超越了它的初衷。马钧兄说："秘密炼制时代的稀有物质，在精神的作坊聚集心光，织就心锦。"与其说这是对李万华女士作品的评论，不如说是夫子自道。他用"古灵精怪"概括李万华女士的文学特征，而马钧兄这部书的精神气质也与此完全一致。朋友们只要开卷阅读，方知我所言非虚。

我还记得小学教室墙上挂着的爱迪生的名言："天才是百分之一的灵感，加百分之九十九的汗水"。我也相信这句话揭橥的真理。作为马钧兄多年的朋友，我可以证明，他在这部书里表现的才华，不是与生俱来的天赋异禀，而是许多年苦心经营的结果。马钧兄推崇"万人如海一身藏"，热爱《归园田居》，喜欢"默存"，熟悉青海文坛的系列"隐身人"，从中不难看出他的人生哲学和价值取向。在一个众语喧哗、甚嚣尘上的时代里，马钧兄一如他反复提到的齐奥朗：退回孤独，远离名利场，孜孜不倦地阅读和写作，兼收并蓄各派思潮和学说，努力探索人生的真谛。他向往这种逆着"世风"的生活，而且把理想变成了现实，他努力地栽培和浇灌，结出了丰硕的果实。他是幸运和幸福之人。

马海轶

2022 年 1 月 11 日 西宁海晏山

在郊野沉吟试听流连万象

马钧先生的很多文字，很像郊野的刻石画像——首先是文化和文明的孕生物，有着铭文勒石的质感和品相；细究，却又觉得与郑重的路标和指示牌存在巨大的差异。怎么说呢？他的文字和文学的趣味因着郊野的自在和沉着，而将书斋隔窗听雨呈现出“修竹齐高树”的自然的状态来。

马钧先生曾舌耕大学课堂，现为省报文艺板块的执掌者。以上仅仅是铺垫，马钧先生更是一位秉烛夜游、谈龙说虎的慧心人，是以多种艺术形态和生活材质得取诗魂光焰，并且尽一己之力将诗之明亮和邃远传播于四方的养蜂人。其实，他还是一位偶尔使用分行，在更多时候以非诗的形状豁显诗核的诗人。

这样的诗人，往往沉溺于他人难以猜度的欢乐，蹀躞于郊野，以获得天光水色隐秘的激荡。马钧先生的文学志向，趣味，形制，很早就显露出郊野独行沉吟昏晓的“体气”。十年前，马钧先生出版一册文学评论和艺术品评的论著，名曰《文学的郊野》。他的执拗与绵厚、清简和肥腴，于这本书中有着令人深刻的表现。可以想见，似如马钧般的握管者，其乐独有；更多的时候，朋友们也未免替他可惜——大雅几人听？

机缘就这样来了。青海李万华的锦绣文章的文气、文采，激引马钧先生共赏雕龙文心，同探诗艺构理。我读“马氏文通”别册——《嘤鸣友声》，直有从聆听独乐而观对舞的感受。而此书编舞超然，种类混搭，舞步多变，却又脉流清楚，是跨越了批评和文论的边界，在随笔的原野驰息的灵兔和回归的野马的自在展演。被马钧以“古灵精怪”为线路细品慢鉴的李万华，反映出论者其实是另一种相征的“古灵精怪”。论者与被论者的相互激荡（更多的是李万华对于马钧的激荡），引申出审美“手谈”的意蕴、美感和互嵌。这是一次稀见的双向挑选，其手语、舞姿、意态，莫不因为重华繁绽而格外“酷飒”。这样的书写，基于论家和作家的同情共感，恰如两人行于暮色郊野的灵息互通；而郊野也在这样的吸引、辨识、欣赏中，从个体中复活，展示出颅顶天空的浩瀚和身边万有的生动。

我之所以用比喻表达马钧先生文章的特质，以及对于李万华的辨认（马钧于此明白地判断“李万华已是青海作家中的翘楚，在全国优秀作家中也是星辉难掩”），是因为“比兴”从来是汉文化表达方法和认知事理的核心。在此，马钧通过比较，选择了年幼于他十多岁的李万华；随之而引譬连类，兴致勃勃，舌灿万华。读其文，马钧借李万华的文章腾挪翻转，速览静品，从文华诗心而文统革新，从风土地理而个人经验，乃至在更为宏阔的空间代言指导，调息运气，织就了多材质、多技法的立体长卷堆绣。换句话说，马钧借与李万华的深研细赏，又一次完成了自我“分身术”——是一个马钧与另外一位或者多位马钧的“辩经”、问难和会心一笑。然而，此书生起又绝非是马钧独舞。在笔纵墨涌之际，李万华的文章如同药引，如同铜镜，是酵酿马钧从新的路径再作郊野之游的光影。《西游记》第一回中便说道：“料应必遇知音者，读破源流万法通。”马钧遇李万华，真有读破源流通万法的意思呢。

于是，我们看到马钧不仅屏息于李万华的精神气质，瞩目于作家美质的构画气韵，甚至像个从《隋唐演义》《大明英烈传》中走出的通阴阳五行，知易理之变的堪舆先生，连作家的名字也作为暗通审美的密码，而置设于天象人文考量一番。看上去，这种烛微探幽近乎癖，实则是将李马二位的文字都显影于汉文化的深广背景中，复活那些几近于弃、几近于忘、几近于不能的感受和表达力。于是天象气候，地理草木，风卷云舒，书册管弦，影碟唱机，往事近影，纷至沓来，与心境笔意，枝节勾缠，蓬生蔓衍，历时共时，重绘人文，形成了李文马说的奇观。这双重的文心诗眼，在阔大而活跃的传统巨流的衬映下，同时展现出视野的宽度和体察的深度。这种书写的宽博深远，暗合并且也在改写着亚里士多德的一个判断：“历史记述已经发生的事，而诗描述可能发生的事。”在今天，史与诗的互融，情与境的同构，已经成为各式艺术表达的常见；但是，所表达的形制和指向，仍然清晰地成为二者泾渭的分界。如何跨界、越界，调取花粉丰富和味道独具的文学之蜜、艺术之蜜，马钧在摩赏李万华的文辞中，透露出了一些秘密的信息。在我看来，马李两人都是熟谙将可能之事写作历史，或者将历史写作化为诗性可能之事的圣手——这里的历史，因为是特指个人的际遇、经历和经验，而在一种可逆的观望中，生成了类似崖石胞苔、珠串包浆的质感和光泽来。如此，马钧论李之堆叠、回旋、类聚，可称为是辐辏的探寻和兴叹。只是，马钧的“美的历程”，是偏好于时空的过渡地带——于地理来说是郊野，于时候来看是晨昏。正是在交接换替的所在，一个人、一个人的踪迹印痕，才于难显之处标明得清晰。马钧喜悦于天光将明或者暮色苍苍，这时候，他的神思灵感最为充沛，他的语言成色最为醇厚。《嘤鸣友声》分为十章，其中四章写于卯时，亥时写出三章，辰时两章，酉时一章。此中既有生活和工作的限阈，又何尝不是生物钟神秘的设定呢？马钧也出色地把握了时机，在这个为尼采、波德莱尔、克尔凯郭尔、鲁迅等先贤钟爱的“一天的郊野”，他让自己的文章如同晨光晚照的景象，呈现出别样的色彩。相应的一种情况是，很多美妙的艺术品并不适合在强光下欣赏，倒是在有几分沉着的光线下，反而能够焕发出饱满而灵动的声响。马钧之于李万华文章的注视、倾听和理解，恰如在郊野的舞台上，两个灵魂的遇合、交流和酬唱。其间，主体观念、情思模式、场所感知、移形换位，颇有“流连万象之际，沉吟视听之区”的感发和感动。我以为，这个再阐发再塑造的过程，接续了中国早期文学“诗意创造冲动的流露，其敏感的意味，从本源、性格和涵蕴上看来都是抒情的”（见陈世骧《中国文学的抒情传统》）的脉流，而马钧的文思情理并织，宏微共举，物我同在，既是对李万华的知音弦动，也是作品与评论、文本与本文的文学激荡。他，他们穿行于昏晓的目光、步履、行姿，本然地带有几分孤独的味道，可也是这几分孤独，愈加显示出沉思之美的珍贵和耀目。台静农先生在《中国文学史》中论及杜牧诗时准确地写出这种认识："……而寂寞当时，其磊落抑郁之怀，不觉地流露出来，寓呜咽豪放，寄清峻为秾丽，往往令读者低徊感激，有不尽言外之意……"

我是在"低徊感激"中，几次体会那"不尽言外之意"的。我从马钧的文章中，读出了新鲜而苍远的李万华，也读出了一个文学烛照者的形象。回到拙文初始，马钧的社会和精神的多重身份，似乎是他以浓度极高的情感认同、审美认同，与李万华对谈共舞的动能之一。我是说，在这里存有一位作家对于另一位作家坦荡欣赏的美好品质。实际上，在青海有很多作家得到过马钧诚挚的邀约，并在"马氏文通"的视角下获得超越知识和技艺的鼓励。我也是得到过马钧先生惠赐心香的朋友之一。20 世纪 80 年代初，瑞士文学批评家让·斯塔罗宾斯基先生，在接受法国《文学杂志》的访问时，提到了他的前辈、法国著名的文学批评家阿尔贝·蒂博代在 1922 年写下的六篇文学批评。这几篇文章是由蒂博代的讲演而来，斯塔罗宾斯基重提 60 年前已如郊野松柏的文论，是因为蒂博代关于"自发的批评""职业的批评"和"大师的批评"的划分和阐释，学理功能仍然强盛。马钧先生的职业和修养可以说是三者俱占，而他创造的热情、越界的能力，则倾向于大师批评中的"审美的批评"。这样的批评要求作者涵葆对于艺术创造力的深刻同情，既是批评的分析，也是审美的创造。落实到调弦定音，则有"既不为法缚，亦不以法脱"的品相。实际上，这就是斯塔罗宾斯基所期望的，在三种批评上混生的更具生命力的样态。这位瑞士的教授，将这样的批评称为“随笔”。

“熟悉天性，热爱天性，尊重天性，由此产生一种热情，此乃寻美批评之真正的必要性”。这句话是蒂博代讲给批评家说的。我们将之理解为讲给作家，甚至是所有人听的，又有什么不适合呢？

“建强，如啄木之鸟，开始剥啄有声吧。”这是十年前马钧赐《文学的郊野》时写给我的赠语，现在我把它转赠于读者。且随马钧李万华行走郊野，流连万象沉吟视听，感受啄木之鸟再次剥啄有声，做出一次珍贵的美的巡游。

郭建强

辛丑腊月二十三誊正

指云相赠

虽然对马钧的博学和勤奋早已熟识，但当他将解读李万华散文的数万言博雅雄文发过来时，着实还是吃了一惊。其发心之正，论说之精，体例之新，在时下观念框架满纸的评析文章里，是至为罕见的创制。

批评一道，古已有之。性有偏殊，文有短长，有解析一时一地之文脉流向，而发为综览周备之文，定圭臬，清源流，以图于将来者；有索隐文坛名手一人一篇之胜景奇采，而款解心曲，寻幽探赜，赏风骨，品境界，以昌明文苑者。概莫不秉持正本清源、阐幽发微之心，相扶相助于文艺发展之大端。文字一道，看似是自由创造，无法无天的挥运，实则天下之公器。屈子赋骚，百代文士为之倾怀，司马述史，千古兴废以此成评。《礼记·乐记》有言，“作者之谓圣，述者之谓明”，“舞文弄墨”又岂是小道！

李万华是青海本土创作实绩卓著的散文作家，多年疏离于“文坛”，勤勉为文，在河源高天后土里细细体味乡野风物，山河人文，在她潜移默化的笔下，一草一木，俨然放怀天地的寄托，一寺一台，何止百年沧桑的心会；文笔清丽，言语洗练，每有新篇，本地文友争相传看。在她笔端，目光的“细”和体味的“深”互为表里，生发为清幽若水的文字，悠悠然，迤逦而来，是养素守真的一河碎锦。在一个日益功利的时代，虽则关注者不乏其人，但系统的评述文章还是殊少见于报刊之上。在偶然的机缘里，也见过李万华本人几回，她总是悄无声息地远离着那些高谈阔论者，害怕自己的出现惊动了谁，清清瘦瘦安于一隅，像河岸上的一只翠鸟，以缄默独对一川逝水流波。文章本寂寞之道，但哪一个作者不暗暗期待一个走心的读者，高山流水般相契于心。“言语”本是沟通的本意，但在一个独耻于争那咫尺之地的沉默者那里，清醒往往又成为自囚的牢笼。真正的作家是不屑于自我解释的，他们总是相待于那个真正的“对话者”，一个知音冥契的“素心人”出现。

当那些清澈的文字流进马钧眼睛里的时候，一个适时的“对话者”出现了，马钧说：“我选择如流水与清风，明月与望眼的交流与对话。”

马钧掌舵《青海日报》“江河源”副刊多年，在他长期的辛勤操持下，“江河源”也成了本地的一方文苑盛景，许多文学新秀依此平台崭露头角。由于对诸多“新颖的”“异质的”“多元的”文学创作之路行者潜在的扶持和鼓励，也培养了本地文学一种开放式的文化视野，在内陆边地，育就了一抹莺飞草长的青葱。作为报人，他目光犀利，见识独具；作为学人，他腹笥殷实，积学深厚。多年沉浸东西方文明堂奥，铸就学问中正之骨。而他又兴味多端，于书画摄影声乐歌赋颇多流连，诸多“杂学”养得一身博雅之气。庚子疫情，天下汹汹，在一个特殊的时间里，在一个全世界缓慢下来的时刻，“既像一种逃避，某种精神的越狱，又像是自我的一次起义，自我的一次拯救”，以李文为契机，胸中块垒一时涌出，熔为洋洋之文。中西古今，信手拈来，移步换景，亦庄亦谐。而透过这些文字，是两颗文心的惺惺相惜，是浮世里，一条孤独的河照亮另一条河。评论文章一般以理性分析为重，常常将文本作者“对象化”，“冷静客观”予以评判解析，是外科大夫般的“冷面之文”。和常见的批评文章不同的是，马钧的这些文字，采用书信体的亲切方式，是有血有肉的“兴会之文”。像一对新知春雪楼头上看山看水的融融诗情，又像两个老友秋窗夜雨中问寒问暖的语重心长。在这里，神思探路林中，踏入的是心灵的秘境，它们又遥遥地承接着漫长而古老的“文”之源：“言之文也，天地之心哉”（《文心雕龙·原道》）；“修辞立其诚，所以居业也”（《周易·乾》）；“文谓诗、书、礼、乐，凡博学、审问、慎思、明辨，皆文之教也”（《论语正义》）。这些文章，或由一点生发开来，钩沉抉隐，敷陈为某一普遍文艺心理的思考，或由诸多特质连起脉络，勾画作者行文之品相，皆以学养精神之力融汇打通，呈现的是放怀天地，为文为艺的“通境”，是不分“主”“客”的神与物游，是熟谙文章之道的“贵能深造求其通”。

马钧早年沉浸于巴赫金的“复调”对话理论，颇多神会，“对话”无处不在，广泛而深入：“人是作为一个完整的声音进入对话，不仅以自己的思想，而且以自己的命运、自己的全部个性参与其中。”其实作为一种话语范式，“对话”理论在东西方文明中都是渊源有自，从《柏拉图对话集》到《论语》《孟子》《黄帝内经》，“文明”皆由“对话”而起，它不是一个固置的空间，而是不断生成、不断释义的对话空间。受“现代”学术体系影响，现代批评话语也不断向知识化、主体化衍变，各种知识体系束住了那个活生生的“读者”，一种“真理在握式”的话语批评一再遮蔽着“对话式”的开放解读。马钧的《嘤鸣友声——致李万华书简》（以下简称《致李万华书简》）以现代人久违了的一种方式，以书信的口吻，构筑了一种崭新的批评模式，其骨子里暗袭着中国古典文论里解经释文的传统。在古文体例中，先贤“撰文”之后，后世又有“集解”“索隐”“注疏”“正义”等不同侧面的解读；“经典”在后世也不是僵死的教条，而是既高度趋向于幽微莫测又不断生长敞开的释义空间。“集解”者，“汇诸家之说，断以己意”。“索隐”者，“探求异闻，申其所未申，释文演注”。“注疏”者，“引导疏通，注外之注”。这一点完全契合于他心仪的“去体系化”的批评方式。《致李万华书简》很好地实践了这一“批评观”。李万华文章本不作炎炎大言，在题材取舍中都有种一再压低的自律，她的写作往往从身边的“细小”之物开始，但风神旷远，诸多篇章是百般观察、咀嚼、体味之后的感怀和遐思，因此，多有“深沉”的言外之旨，这种“细”和“深”只有深谙于为文之道的方家里手始得把握敞亮开来；马钧本青海散文名手，有细微的文体品鉴功夫，多年前曾垂聆他论及阿城、木心的隽朗之语，缕析条陈，高见迭出，慧眼卓识让人心惊。这方温润的书简，他将李文的品相、气脉，以中国式的品评方式，自由而个性地剖析出来，又不限于李文，而有所生发，有所兴会，宕得开，又收得住，是擒纵自如的大手段。尤可暖心的是，许多篇章就像一位兄长在叮嘱小妹前路风雨，殷殷之情，溢于言表。有好多年不曾读到过这种“私语式”谈艺论道的文章了。这些篇章，每每让人想起茨维塔耶娃、里尔克、帕斯捷尔纳克有名的“三诗人书简”，那是风云时代寂寞文苑的佳话。每每让人想起傅雷写给傅聪的一封封山高水长的“家书”，那是隔绝年月里托付儿女的人间正道。这些“私信”也每每让人读到一种持艺为文的“公德”，“公”者，正也，通也。文艺本不是谁家的私货，它是人世流徙辗转路上文明的扶助，是牵系的天道，是感通的人心。只是当下，在过于聪明的现代人手里，缩减成为一种可资矜夸的小才艺，我想，在这个意义上,《致李万华书简》也正是在返回“文明”的本意：相互照亮。

在一个“诸神隐去”的时代，每一个张扬的个体都喜自我封“神”，那是现代人的偏狭。顷寻古籍，推问经典，那些有名有姓或无名无姓的“作者”们背后，谁才是真正的“作者”？“天地有大美而不言，四时有明法而不议，万物有成理而不说。”每一个有感于天地生生之德的人，无不是这种沛然塞乎其间的“精神”的“读者”，每一个“读者”，又领悟并书写着不断创生的“解读”文章，而对“解读”的“解读”，在一个通达者那里，又无不是对天地精神的“回溯”。欧阳文忠公有诗句言：“岂止忘机鸥鸟信，陶钧万物本无心。”这种忘记“机心”的“无心”，盖也接近了“文”之“正义”——“言之为文，天地之心”吧。

多年喜弄古人印谱，尤喜文人闲章，或记述一段人情物缘，或高标一节胸怀襟抱，见性见真，主人的志趣也一一跃然纸上。那红红的朱迹，是流水空潭，是明烛静燃，望得久了，也让人心热："问梅消息"是陈曼生江海异路，赠别友人的惜惜之情；"为客负梨花"是白石翁久客京华，回望故园的醇醇乡愁；偶然翻到当代印家石开的一方闲章"指云相赠"，心中一动。脱口之语，天真素心，这得怎样的俦侣，怎样的知己才当得起啊！天地一指也，万物一马也，高士之心会就在这淡然一指里。赠人以金玉，济得一时之窘迫；赠人以良言，有助行脚之迷途；赠人以闲云，那是长空里流布的一系高怀。现将它借过来，填为小文的眉目，也该是相宜的吧。云者，"云"也。

是为序。

阿甲

2022 年 1 月 20 日于南山陋室

目 次

—— 2020 年 4 月 15 日　星期三　　卯时

说来也怪，原本我打算用惯见的论文模样来开始我对你的个案研究。我的建筑工地甚至已经搬来了一些桁架，甚至备好了一些胡墼。那些从你的书中拷贝过来的或长或短的文字，俨然我在通天河流域藏族村寨里叩访过的那些构筑成石砌房屋的石头，它们大小不一、凹凸不平，但在匠人高超的手艺里，却实现了错落与整饬的完美结合——一种石造的榫卯智慧。我录进电脑的文字也已过万。按照预先的模糊设想，它会显示出类似园林绿植被修剪、被刻意梳理过的、予人好感的模样（也就是符合学术杂志上的论文范式）。可就在今天早上，我忽然改变了主意，像一个孩子欻的一下，推倒了他刚刚摆出模样的积木。现在，这孩子渴望摆出一种新的构型，以满足他活蹦乱跳的兴头。

我不想说太多采用书信来谈艺衡文的理论——不瞒你说，我肚子里还真垫了几根大梁般的“理论支持”。但我同样忽然间不想让它们呲在言说之先，虚张声势地唬人。我只说两点浅显的理由：一个是便于我信马由缰，一个是出于对书信文体久违了的好感。据说，在后疫情时代，人们会越来越疏于交流。即便在微信上人们时时刻刻相互留言，但多数文字俨然新时代敷衍一气的新八股。甚至等而下之，懒得组词造句，直接点一些一目了然、双目不然的表情包，仿佛重回还没有创造出文字的结绳时代。我自己时或也会偷懒给微信圈里的文友们发几个表情包，或者点一个跷起大拇指的“赞”。发完了，马上厌恨自己的懒惰、敷衍、贫乏、毫无情趣。暗暗在心里抽自己：你装什么呀，故弄玄虚，玩不立文字的禅啊。可要我一一无微不至地“宠信”一下圈里的众人，我又犯难发怵，怨恨自己没能耐长出观音菩萨的千只手来。可是，难道就因为应接不暇，就可以堂而皇之地丢掉待人接物起码的厚道和真挚？

我选择如流水与清风、明月与望眼似的交流与对话。

书信正规的套式里，有称谓、问候语、祝颂语和最后的署名，我都秉承奥卡姆剃刀的简约原则，一律删免——我是个不爱说车轱辘话的人；一个词、一个意思重复出现的时候，我立马会不由得脸红害羞（一回经眼一回妍、喜欢得不得了的词句除外）。王羲之写那么多同样的字而自觉到“避复”，我看《管锥编》一下子便记下了钱锺书先生的珍贵札记，何延之《兰亭始末记》：“字有重者，皆构别体。其中‘之’字最多，乃有二十许字，变转悉异，遂无同者。……余旧睹米芾《多景楼诗》墨迹，‘楼’字先后三见，皆各构别体。胥羲之之遗教也。”不但书法需要“避复”，言说也当如是。我拿重复或不重复来检测我记性的好坏，才气的厚薄。一旦有一天我发现自己反反复复绕着一句话来回盘旋，那我就可以料定自己的小脑已经萎缩如同枯萎的核桃仁，如同一架老式唱盘机上不断在声盘纹道上颤颤巍巍滑轨的唱针。

现在，我只保留下书信文体里最有用的部分。意到了，笔就无须去尾随，搞得像屁颠屁颠贴身的秘书和保镖。

顺带说明一下，如此省简亲切的方法，稍微受了些《傅雷家书》的启发。

是不是我这个“起调、过门”有些啰唆？我知道，急性子的人看碟，看到节奏缓慢的情节推进，特别发闷的地方，绝对会选择快进键。而你，应该是个缓性子的人。不然怎么能耐下性子，一帧一帧地看完贝拉·塔尔的电影《都灵之马》——我们周围，包括我自己，没几个人能把魂吸走了似的沉浸于那缓慢的光影闪烁。何况你还喜欢拿不断反刍的音乐来研磨时光。倩女离魂，哪里只是一个传奇，它是一种心灵秘术。如今它只是萤火似的亮闪在个别人身上。其濒临失传的最大原因，就是因为后工业时代愈发转快的时间齿轮，完全把我们役使于那种分分秒秒的羁勒和齿轮的咬合，恍如卓别林在《摩登时代》里的表演，恍如被人家提提拽拽的木偶——我忽然记起我们小时候经常玩耍的一个游戏。游戏的时候，孩童们会唱诵似的如此念念有词：我们都是小小的木头人，不许说话，不许动。许多时候，我们不再是一个人，而是工作的构成，庞大机器的构件，一颗反复被拧紧的螺丝，是信息大道上越来越疲于奔命的罗拉快跑——人家红发罗拉，还有着为爱情抢险的冲动和激情，有爱的意志，爱着另一个人的目标和方向。你应该读到过杨志军的一个小说，我记得篇名就叫《你根本不存在》，他写下基于爱的绝望而“徒劳”的奔跑：是一只母狼在遇见自己的狼崽被人高高地挂在树上，它既无法爬到树上去营救它的孩子，也没法寻见那个歹毒的施刑者，它只能在树下延展开去的广阔土地上，一遍遍地疯跑。纯然的疯跑，纯然的走向心力衰竭的疯跑，无济于事的疯跑，好像疯跑到某个由量变转到质变的时刻，它的孩子就会翩然落地，毫发无损地“完璧归赵”。

你一定记得，去年的12月17日，青海省作协和海东市文联在海东市，为你的散文《丙申年》获得第18届“百花文学奖”举办了一个研讨会。会后，一向“深居简出”的你（加引号是因为你并不是个严格意义上的宅女，你经常跑向野外赏花观鸟，如庄周游于濠上，孔子沂水春风），又邀约一大帮文友雅集。也是这次见面，我跟你有了搭上话茬的机会。虽然在那样一个“多频道立体声”的会饮场合，我们无法在嘈嘈切切的场域中畅聊，但我们还是三言两语地聊了几句，我还借机玩了一回你的姓名测字游戏。老实说，我也不会测字，我只是借着片刻的机缘，玩索一下名字里隐然暗设的机关。

释名之前，还是先来说说你的“藏身术”。

我30年前读杨绛的《将饮茶》，读到这本薄书的后记《隐身衣》，杨老太太给世人透露了一回她的处世法术：“我爱读东坡‘万人如海一身藏’之句，也企慕庄子所谓‘陆沉’。”杨绛、钱锺书、钱媛这一家子，是我见识到的现代大隐，一辈子藏在人海里，建成各自不朽的精神殿堂。你现在也穿着“隐身衣”，修炼着“万人如海一身藏”的法术。你是我们身边我所见识过的一个现代隐士。这不是谁想当就能当上的事情。它有主客观两方面的制约因素。许多人在主观上就隐不下去，连在名利场上被边缘化一点，都会觉得是在人生里遇到了重创和要命的耻辱。更何况很多人心里舍不得各种功名利禄，舍不得人情应酬里的热闹和随时回馈的人气红利，圈子里“汝搔吾背、吾搔汝背”的互惠互利。客观上，更多的人没条件“退出公共生活”——比如放弃工作。450 年前，38 岁的蒙田卖掉他在法国波尔多的官职，于次年在他的书房入口处，钉上这么一段铭文：“米歇尔·德·蒙田，长期以来已经厌倦议会的苦差役和公众职务。趁着还有精力的时候，隐退到缪斯的怀抱里，在平静、安稳当中，度过所剩无几的余生，它的大部分已经流逝。希望命运让他把这所住宅变得尽善尽美，这个祖先遗下的温馨隐舍。他把它贡献给他的自由、安宁和闲暇生活。”蒙田的口吻和习性格调，简直跟先他而生的陶潜一样。你会比我会更深切地体验到靖节先生《归园田居》里的感喟：“少无适俗韵，性本爱丘山。误落尘网中，一去三十年。羁鸟恋旧林，池鱼思故渊。开荒南野际，守拙归园田。方宅十余亩，草屋八九间。榆柳荫后檐，桃李罗堂前。暧暧远人村，依依墟里烟。狗吠深巷中，鸡鸣桑树颠。户庭无尘杂，虚室有余闲。久在樊笼里，复得返自然。”他们都是选择离开充满“俗韵”的生活，回归到一种由自己选择和营造的隐居生活。你也是。你当过教师，后来因为身体有恙，一直养病在家，因祸得福地得以回返到自己想要的“隐居生活”里。

恐怕在现今的作家群里，能够如你一样退隐到“自由、安宁和闲暇生活”里的作家，不会多到蔚为壮观的程度。如我一般也特别渴望如此生活的人，可能很多很多，但绝大多数的人没有达成如此生活的客观条件。你有客观条件的助佑，更有内心的理性规划。你很清楚你想要什么，你能成为什么。于是，在现代社会，你实现了自己的生存方式：选择性远离。这个具有决定性意义的生存选择，本质上也成就了你在写作上的非凡的专注力，和由这种专注力转化出的沉静书写风格。在《丙申年》的第五小节里你说过："现在明白，太过驳杂的讯息没必要得到，经验也是，与他人共享的喜悦并不存在多少，面对困难，已经习惯闷声不语。有时候，也会有选择性远离，因为不需要过多东西，赞誉、附和或者认同。接受、倾听和勉励之外，如果不能彼此照耀，使之澄澈清明，那将是一池暗水与另一池暗水叠加，如若那样，便是深渊。一场风暴相遇另一场风暴，不过是更大的风暴，不如自处，彼此平复。"你还在你的音乐札记里有两处自我坦白："我愿意去揣测和研究的人越来越少，将来，也许会更少……""小心谨慎，内向克制，与一些圈子有意无意地保持距离，我总认为我便是这样 ，而勃拉姆斯亦如此。"

这其实也是你家族的一种禀性气质。在《西风消息》里，你就透露过你的父亲向来孤僻，朋友不多，习惯独自消遣时光。这种遗传一经转化，既成了你的处世哲学和你的写作诗学，又是你的思维哲学。可能有些人会觉得我对你的写作的"思维哲学"的评判不以为然，甚至会觉得我的口吻里有拔高、溢美之嫌，或者有谀的成分——如庄子所言：不择是非而言谓之谀。那我就让这些怀揣腹诽的家伙们仔细听听黑格尔在《柏林大学开讲辞》中的一段演讲："因为在短期前，一方面由于时代的艰苦，使人对于日常生活的琐事予以太大的重视，另一方面，现实上最高的兴趣，却在于努力奋斗首先去复兴并拯救国家民族生活上政治上的整个局势。这些工作占据了精神上的一切能力，各阶层人民的一切力量，以及外在的手段，致使我们精神上的内心生活不能赢得宁静。**世界精神太忙碌于现实，太驰骛于外界，而不遑回到内心，转回自身，以徜徉自怡于自己原有的家园中。**”这个在200年前，身为哲学亚圣的黑格尔馈赠给我们今人的哲学观察，原本是对日耳曼民族的脉诊，现在放在我们这些华夏子民身上，照旧精准得让人咋舌（尤其是我用黑体标示的这一部分意思）。黑格尔在演讲中还说："现在现实潮流的重负已渐减轻，日耳曼民族已经把他们的国家，一切有生命有意义的生活的根源，拯救过来了，于是时间已经到来。"相比之下，我们面对的当下情形正好与此相反：我们的"现实潮流的重负"日甚一日，隔三岔五不是被各种大有来头、催命鬼般催着的、纷至沓来的琐事所消磨，就是被各种形式主义、官僚主义的程序所耗损，剩下那么一点点可怜兮兮的时间，还要失身、失心于乍生乍灭的手机泡沫短信的扰攘——每天仅是刷屏，不知要刷走多少镶着金箔的光阴，哪还有什么精力施施然回到自身。正是在这个意义上，你已经在不经意之间，成了一位和平庸、烦乱、焦虑的时代痼疾较劲死磕的角斗士。你不叱咤风云，不刀光剑影，你只回到细心护持的安静的时刻，平静的内心，你在那里，秘密炼制时代的稀有物质，在精神的作坊聚集心光，织就心锦。在你那里，让时间开始了安详、优美的剪辑；而在很多人身上，要么时钟走停，要么表盘失去指针，要么滞重的事物压住了精密的机芯，仿佛把他的一切连同生命，琥珀在那里。

在青海作家群里，有一份不曾被人提及的“隐身人”名单。你是继昌耀、杨志军、万玛才旦、古岳、耿占坤、阿甲、江洋才让等作家之后的一位更加纯粹的“隐身人”。我所说的这个概念，主要意思是说在现代城市生活里，你们共同选择了“寡交游”的生活方式，绝对远离泛泛的社交应酬；即便到了稠人广众的场合，也宁愿选择一处引不起人注意的地方。众人喧哗的时候，你们选择沉默不语；在众人的追风里，你们不但不会跟风，还要常常选择逆风而行。我从你们这些人身上，从没见识过、听说过你们口若悬河、夸夸其谈的情况——你在课堂上给学生讲课除外。你们和钱锺书所取的字里的“默存”二字，不期然而心有戚戚焉。什么是“默存”？就是形不动而神游，就是默默地存录下美好的事物。仅从这个性质上说，你们的精神特质里都具有强大的阴性力量，是月亮神的扈从，是月夜下的对影、阴壑灵籁、月林清影。你的文字里沾满月亮魂魄的表述可以随手俯拾，我就不再举例。昌耀先生，我只举一例，他发明过“影物质”一词。更不要说他迟暮之年还是个“睡眠剥夺症”患者，是个夜游的吟者。你可能就此马上联想到昌耀心存崇敬的老师鲁迅先生，他不也是一个夜游的吟者和思想者吗？你们胸前统统都佩戴着一枚鲁迅当年设计的猫头鹰图案胸针。

忘了在什么地方复制粘贴的，现在这段话拷录在我手机的记事本里，不用删减，直接拿来当一个脚注：直面孤独，拒绝名利场，隐居底层，不求虚名，孜孜不倦地阅读和写作，兼收并蓄各派思潮和学说，努力探索人生的真谛，这是齐奥朗作为思想家和作家终其一生所尊崇的生活态度和行为准则。在他看来，孤独可以使人远离追名逐利的喧哗，净化心灵，潜入冥思，深刻反思和求索，杜绝人云亦云和随波逐流，提出独特的创见。他的格言告诉我们说：“孤独不是教你踽踽独行，而是教你成为一个独特的达人。”换成我们的古典语境，你的“选择性远离”，正是钟惺在《诗归序》里说过的这么一层蕴含：“察其幽情单绪，孤行静寄于喧杂之中；而乃以其虚怀定力，独往冥游于寥廓之外。”

赶紧拽回我的逸思。我那次在雅集上说，你的名字包含着你的写作配方和写作疆域。自然界里最具生机与活力的三个元素都出现在你的名字里。现在不妨依次道来——

你姓里的“李”字，是种古老的植物，《诗经》里就有过“投桃报李”的表述。最耐人寻味的是，你写过你在少年时期的一个梦——像是对李姓的一个潜意识溯源：“梦中有人告诉我，这就是混沌当初的模样。我不知道自己在哪里，也看不见自己，但我感觉到自己存在。也许我只剩一双眼睛，染着混沌的色彩。后来我看到一棵开花的李子树，出现在混沌中心。李子树的出现极其诡异，不带任何征兆。它的所有枝条向着一个方向倾斜，显得柔软修长，枝上的花朵碎小，却繁复，白到仿佛那就是一些堆砌的碎骨头。瞬间，花瓣向着高处飘飞，轻盈，仿佛一些小令，一瓣瓣，然后一团团，飞到高处，最终形成大朵白云。”（《西风消息》）那朵李子树上的花，最后幻化成为“大朵白云”。这朵白云你或许想不到关联到了什么。要我说，我就说它关联到了鲁迅的《好的故事》。文学先贤的梦，也是牵涉上了云朵："这故事很美丽，幽雅，有趣。许多美的人和美的事，错综起来像一天云锦，而且万颗奔星似的飞动着，同时又展开去，以至于无穷。""我仿佛记得曾坐小船经过山阴道，两岸边的乌桕，新禾，野花，鸡，狗，丛树和枯树，茅屋，塔，伽蓝，农夫和村妇，村女，晒着的衣裳，和尚，蓑笠，天，云，竹，……都倒映在澄碧的小河中，随着每一打桨，各各夹带了闪烁的日光，并水里的萍藻游鱼，一同荡漾。诸影诸物，无不解散，而且摇动，扩大，互相融和；刚一融和，却又退缩，复近于原形。边缘都参差如夏云头，镶着日光，发出水银色焰。"（鲁迅《野草》）连水中倒影的边缘轮廓，鲁迅先生都要拿"夏云头"来作比，可见这故事美在虚涵万物，美在灵动的荡漾，美在"石头的软性堆积"（昌耀写云境的妙句）。这是在指示这个故事的性质具有开放性和不断的生成性。转一个层面来理解，它具有后现代书写的未完成性和草稿性。如此，你正在书写的，正是时光中留下的"好的故事"。你的文本的开放性和不断的生成性，实际上就是你用过的"息壤"一词。你在第二本书的书名里，已经嵌入过这个词语——《焰火息壤·柳湾彩陶》。你真会选词。但我要向你说明的一点是，在你之前，在青海的作家群里，第一个使用这个词语的作家是诗人昌耀。他在1984年创作的组诗《青藏高原的形体》里，具体来说，在《圣迹》这首诗里，我们方才和这个遗忘了很久的词语邂逅："他们叠好携自故乡河源的一片植毛的息壤。/他们蓝黑的皮肤具有钢氧化膜般蓝黑的光泽。/他们的脚掌沾满荒漠漆。""息壤"的意思是土之能生长者，宋代的罗泌在《路史》里有过“息生之土，长而不穷”的记载。注意，这息壤有着很深厚的土地性。南北文化，概括到最细微的部分，也就是“水”“土”二字，而且，南有南的水性文化和土性文化，北有北的水性文化和土性文化，水土分布不同，文化质地、文化性情随之也不同。昌耀的厉害在于，他在原生意义上进行意义的移植和增值。

你名字里的“万”字，打回原形，属于虫类。夏朝人造的“万”字就是一只蝎子，甲骨、彝器上沿袭了写成蝎子形的“万”字。诗人兼学者流沙河讲过“万”字为数量之巨。周朝宴聚娱宾，节目里有“万舞”，跳的就是蝎子舞。蝎子遇敌，高举双钳，曲翘尾刺，行进踏着节拍，威仪逼人。陈独秀也说过“万舞人众也”。陕西岐山县有位叫李辛儒的学者——看照片，就是个乡野上的农民知识分子，你身为画匠的父亲，与他同类。奇了怪了，他也姓李。李辛儒说“万舞”一词在《诗经》中屡有出现，例如《诗·邶风·简兮》中说“简兮简兮，方将万舞”，“硕人俣俣，公庭万舞”，《鲁颂·閟宫》里说“万舞洋洋，孝孙有庆”。程俊英的注释里，引用了朱熹《诗集传》里较为详细的解释：“万者，舞之总名。武用干戚（盾与板斧），文用羽籥（雉与和籥）也。”蝎子在民间民俗文化里，又是具有驱禳意义的“五毒”之一。李辛儒说：“毒在中国古代并不专门表示有害的事物，它含有化育的意思。唐代的文书碑记中还保留着毒为化育的古义。”（李辛儒《民俗美术与儒学文化》）我注意到“万”字里还隐含着音乐的元素——这可是构成你文本的重要筋脉。

你名字里的“华”字，依据陈独秀的训诂，在古陶器、毛

公鼎上，它表示全枝之花，北魏以后始作花。(《小学识字教本》)

三个字，透露出你的文化DNA，也透露出你核心的文学母题：生长，繁育，生命；“雨中山果落，灯下草虫鸣”，细细一想，摩诘居士写人间草木的诗句，是不是藏着你名字和你写作的一大半名物和意象？

突发一个奇想，你的已经书写和将要书写的，在某种层面上，是不是很像一个现代版的《归去来兮辞》。

2020年4月18日 星期六 亥时

一早起来先看微信。

朋友圈里有一条在推送老友马海铁30年前的文章《大雪中走来的林冲》。这么长时间过去了，还让读者读过之后泛起有如初恋时绵绵不歇的“情话”、恨不得马上见面的冲动，足以证明经典文字的魅力有多么韧长。海铁兄是在《水浒》里腌渍过少年光阴的诗人，到一定时间自会流出。我是每每遇到这个话头，就自然联想起聂绀弩描绘豹子头林冲的两句诗：“男儿脸刻黄金印，一笑心轻白虎堂。”聂绀弩20世纪80年代给孟超的小书《水泊梁山英雄谱》作过序。孟超给各位英雄撰写的“新赞”真没有他的正文文字好，他给林冲的“新赞”更是不如《黄永玉大画水浒》里的画家跋语：“看红缨怒翻芳草，不负朝露夕阳，却怎知来年，禁军八十万教头身轻白虎堂。”那个“轻”字，落实到我们的体会里，却又是最有分量的字眼，显示最阔大的胸襟和器量。这语言的魔术！善于炼字、炼句的唐代诗人，在这个字上不知挥洒出过多少语言的珠贝。这不，我刚刚又在脑海里浮现出一个，是现今居住在美国加州的见山楼主，在不久前的微信里引过清初遗民程邃之的遗句:“帝王轻过眼，宇宙是何乡。”我们古人的生存智慧里，有一个重要的智慧就是“举重若轻”。反过来，就是“举轻若重”。这都是中国功夫，在绘画造型、建筑造型、音乐织体甚至茶艺、烹饪等日常生活领域，都有不动声色的浸入。

还有一条微信：新冠疫情肆虐全球之时，4月6日，BBC推出一部关于诗歌的纪录片《中国最伟大的诗人——杜甫》，轰动了居家抗疫的世界人民。“轰动”效力的网媒表述，我是觉得程度、范围都含有夸饰的水分，有些言过其实。像肥厚的一大把菠菜在沸水里焯一下，原来的蓬大一堆，也就收缩为小菜一碟。这个信息最靠谱的事实骨骼，乃是中国古典诗人杜甫还让西方的几个有识者心头一热。附带的视频里，我看到英国影视演员伊恩·麦克莱恩——因主演莎士比亚的《李尔王》而获得杰出表演奖。我猜你看过他主演的《莫扎特》,《X战警》中他饰演的“万磁王”,《指环王》三部曲中饰演的巫师甘道夫。“甘道夫”在视频里用英语朗诵《阁夜》:“岁暮阴阳催短景，天涯霜雪霁寒宵。……卧龙跃马终黄土，人事音书漫寂寥。”让我惊诧的是，诗人具有穿透力的感受，往往会把时间的间隔压缩成一围屏风那么薄；我和过去，和写诗的杜甫仿佛只隔着一层薄纱，或者连薄纱之隔都没有，他就隐隐坐在我对面，或者杜甫吟哦的声音环绕立体声音乐一般，一忽儿滚过我的脑顶，一忽儿袅过我的耳郭。这种感觉，诗人马海轶在他旧文的最末一句里早有过表达:“雪还在下，但不知是下在宋朝还是落在我的窗外。”时间体验里的这种古今叠印的恍惚感，我猜是发生在低维空间的感知与高维空间的感知，在对接时刻发生了一阵摇晃，如果这摇晃安定下来，说不定我们就过渡到了四维空间、五维空间，我们就握住了杜甫的手——切记，这不是臆想中的握手。荷兰画家埃舍尔用拓扑学知识画过著名的莫比乌斯带：它只有一个面和一条边，你无须越过边界就可以从正面到达反面。当它从中间“一分为二”时，它其实并不会断开，而是仍然保持其完整性。

今天我就专门来说说你的散文的品相。学院派不大会讲品相二字，他们叫体裁风格。仿佛很科学很严谨似的。

品相一词，通常被看作是针对艺术品、书籍等事物的外观的完美程度来讲的，我则把它看作与看相这种中国传统学问相通的一种精神分析，也把它视为品味文体形式和内容的一种分析活动。看相，是通过观察分析人的形体长相、精神气质、举止情态等方面的特征，来测定和评判人的禀性和命运。我所谓的文章品相，乃是通过文章里的题旨、意趣、词语、意象、句式，乃至标点符号（涉及书写的节奏）、文本架构等来评判篇章或文集的审美特点。这种方法也不是我首创，当年还是翩翩少年的钱锺书（也才不过 16 岁），写下一篇卓异的论文——《中国固有的文学批评的一个特点》。他不但指出中国固有的文学批评的特点是“人化文评”（把文章看成是与人异质同构的存在），还揭示出这种思维方式的渊源：“中国论文跟中国相面风鉴有极密切而一向被忽略的关系。”

我像乡下的媳妇用许多色调不一的碎布头缝制出好看的布包一样，我以我的目光，飞针走线地缀补一篇篇你的文字，我便在某日，一下子就获得了一种直觉性的确定感——到目前为止，我所能搜罗到的、有关你的所有文字给予我的一团阅读印象。稍做概括，姑且名之曰古灵精怪。原本这个成语是匹配那些有着聪明、可爱、调皮个性的女生和小孩子的，后来就有点放之四海皆可配地普适于所有有个性的人和物。我当然要保留这个匹配姝女，充满欣赏含义的意味，但我不想就此这么讨巧、偷懒，我还想把这四个汉字拆分开来，一个一个来说，让原本语义的池塘，借由潜滋暗长的涌泉而涨满，而成为溢流（美国画家怀斯，也译作魏斯，画过一幅《春泉》的油画，在一间有窗户可以望见山坡和山坡下的奶牛的房间，在靠墙的位置上，有一个用水泥砌起来的水池。引到池子里的泉水，有两溜正在溢出台子，缓慢而恒久地流下。似乎那有着反光的水面上，反射着窗外山坡上浅雪的光亮）。

为方便起见，我把古、灵、精、怪谓之你文章的“四气”，它既上口，又具有中国文论的特色。尽管中医理论里也有四气之说（分别指寒、热、温、凉），但我也不介意撞名。各行其道、各行其是、各美其美，有什么相碍呢。我在文学评论上品鉴你文字的四气是：古气、灵气、精气、怪气。

现在我就分说如下。

“古”字的意思里有时代久远的意思，还有不趋附流俗的意思——俩意思都合你文章的身。更古老的含义，当是陈独秀的训诂。他说“古”字上面的那个“十”字，表示的是绳结，下面的“口”字表示的是结绳的绳团（想想看，结绳时代，能不古远吗？）。他还解释与“古”字沾亲带故的“故”字，意思是结绳挂于横木之上，今秘鲁土人结绳法即此。还有一个与“古”字有亲缘关系的“姑”字，他解释说：姑从古者，结绳之事，古者视为神秘解说其义者，属诸神秘专家。称其人男曰士，亦即觋，女曰姑亦即巫。后以姑为凡女子之尊称，犹之以巫祝之兄称诸男子之先生者。

你的文字的品相之一是古气，稍做延伸谓之古雅简朴亦可。不论是文本组织，还是文章的风调气韵，都带着古典的气息，一种朴素而久远的风格。我循着你若隐若现的文脉，窥出你文字的底色从大处来说，来自中国古典文学里的“诗文”传统。

先说你的文字里诗的特性，远则与《诗经》的风雅性情遥相呼应，尤其在气质上和构思上，你完全接续了《诗经》与自然息息感应的那么一种原始而诗性的感觉，接续和以现代人的方式，拓展了《诗经》的比兴里蛰伏着的那种基于人与自然相互感应、物我相通、相看两不厌的心理体验方式。如果《诗经》里的花鸟草木虫鱼，因为四言诗而仅限于简短的诗句表达，那么，到了你这里，你文章的幅宽，已经可以让你在散文这种伸缩自如、延展随意的体裁里，让花鸟草木虫鱼变成一轴轴可以不断展开且美图纷呈的卷轴画，让生灵万物在你的文学天地里磅礴地自在出没。在题材类型上，这类书写自然世界的文字，通常被人称作“自然文学”，我更乐意把它归入生态文学。“自然文学”已然是美国文学的话语框架。为了有所区别，且不致形成“青海长云暗雪山”式的话语阴影与话语遮蔽，我选择更具时代感的“生态”一词——实则是与国家视野的视界融合。“自然”一词，指示的是自然界，而“生态”一词，既指生物在一定的自然环境下生存和发展的状态，也指生物的生理特性和生活习性。它包括植物、动物、微生物等生物因素，也包括诸如光、温度、水分、大气、土壤等非生物因素。

如果我们足够细心，在语言句式上，就可以看出你是深深吸食了《诗经》简古义丰的思维骨髓。仅就你文集取名的旨趣来看，你大都采用了《诗经》的四字语式:《金色河谷》《焰火息壤·柳湾彩陶》《西风消息》(尚未付梓的《祁连长风》和《菩提星辉》)。《丙申年》(以及还未付梓的《三河间》)(三言的体式,《国风》里即有，像“麟之趾”“江有汜”之类)。有人说过“四言如琴”的意思，我猛然觉得你的文字的或长或短，与古琴的断断歇歇、袅袅娜娜、悠扬委婉若合符节。

你的诗性的晚近一些的渊源，我觉得是得了宋词的“味精”。你的情愫、意绪、义脉、旨趣乃至音乐感，从气质上多半是从宋词里化出来的(本来我是想说从宋词的鞋样上铰下来的，但这个比喻式的表述，多笨啊，笨得像踩着一双从未踩过的厚重木屐。而且它还大大低估了你能动的主观投射，你的情往似赠，兴来如答一般的化用之功)。诗受到格律、对仗和字数上的约束，总体上，它在语义、形式、韵节上给人紧凑严密的感觉，一切止于余光中所说的“古典的清远和均衡之中”。相形之下，词则给人松散裕如的感觉，一切则止于古典的清远和非均衡之中。你以女性的资禀，自然与词的柔婉曲折的基本调性更为亲近一些。你文字里散落着不少宋词的片言只语。你都不大喜欢用引号把那些话语引起来，你采用暗引的方式，至少表明两个意图或效果：一是说明你已与宋词相昵日久，吃透了你所心仪的那些个词人的话语，行文当中自然是沛然流出，浑然不觉是古人所言还是自己所言，正所谓“善运不亚善创，初无须词尽己出也。”（钱锺书语）；二是说明你已在人我之间达到冥合无间的程度，消泯人我界限，营造出隐秘、机巧的修辞机趣。你还有一些语句，直截采自宋词，但你“掐头去尾”，隐形灭迹，时或龙爪一现，以狡黠的方式搬运典故。你的微信昵称不是叫作“天风”吗？我猜你是暗用了宋代词人朱敦儒《促拍丑奴儿·水仙》里的典故：“清露湿幽香。想瑶台、无语凄凉。飘然欲去，依然如梦，云度银潢。又是天风吹淡月，佩丁东、携手西厢。泠泠玉磬，沈沈素瑟，舞遍霓裳。”微信的背景壁纸上，右下角是长着像卡尔·马克思一脸络腮胡的什么音乐家在弹奏钢琴（后来你向我解释那是正在弹琴的勃拉姆斯），上面的空白处，像是你在黑板上板书的两行字：“可惜一溪风月，莫教踏碎琼瑶。”出处又来自宋代词人，苏轼的《西江月》里描写月亮之美妙的词句——前面我说过你有喜阴、喜欢月夜的倾向，这算是间接呈示。你在你的第一本散文集《金色河谷》的勒口上，有一个简介和创作感言。文字写得简隽，倜傥：“李万华，女，20 世纪 70 年代人，生于青海。现偏安一隅，柴米油盐。若偷得片时静寂，甘愿捉笔为奴。文不谋一江烟花流红，但求半榻松影青山。”句末的文辞，可能是你的创作，我是当作词的韵腔来理会的。你的这般“词气”，如同香熏过的衣衫、闺房，处处熏染着“词”的暗香。这样的文学嗜好，也可视作你在审美上一种历久弥深到充盈状态的痴气，以至于总要在字里行间冒出来，大有“万人丛中一握手，使我衣袖十年香”的余韵和遗香。

这不，你在《丙申年》的结尾处就又散逸了一回“词气”的暗香：“如果将时间之中所有的身影定格在胶片上，再快速播放，如果确能如此，展现在我们眼前的，何尝不是风中的树木此起彼伏。但是这些山脉，这些见证者和亲历者，不发一言。我于是明白我喜欢群山的原因。然而，然而，何人月下临风处，起一声羌笛。”你的两个“然而”，多么像李清照《如梦令》里的那两个情急之下“知否知否”的诘问；那感情的色彩、浓度、腔吻——酷肖易安居士。鄙人不敏，你结句里的“何人月下临风处，起一声羌笛”的句子，搜了一下，方知用了宋代词人柳永《倾杯·鹜落霜洲》上片里的词句。乍一看，文脉收在一声羌笛里，有一种意远神遥的空灵和玄忧的感觉，且把所有的感触引到了无形却有声息的音乐里，是一种词义表达的醇化，也很贴合西方文论里所说的“声音乃诗之极致”。可是，结合整个文章，尤其是最末一段的语境，再细细品味一下，恕我直言，你的这个古今语境的混搭，还真有一点“穿帮”。转换一下我的意思，这文末的“词”，如同新植的牙齿，它再怎么按照原本的模样嵌在空缺的地方，也会因为没有经过恰切而周到的磨合，多多少少让舌头和咬合肌感到一些异样和不自在。再说了，它还真带着点做作，尽管幅度轻微，仍属刻意为之，流于文人气和古人腔。不知道你涉猎过苏东坡的书法理论没有，他有一个观点，我觉得不但适用于书法创作，也适用于文学艺术的创作，适合用在此处拿来当针砭：书初无意于佳乃佳尔。

几年前，我主持《青海湖》文学期刊上开设的“视听世界”栏目，你有一篇赏析音乐的长文，题目是《几度木兰舟上望》，用的是李商隐的《木兰花》:“洞庭波冷晓侵云，日日征帆送远人。几度木兰舟上望，不知元是此花身。”那一次，你还是采用着你的语境混搭法。你谈论的是西洋古典音乐，搭调不搭调呢?或许可以用木心的说法，“不相关地相关着”，它利用语境的强烈反差，起到强化语义空间张力的效用。

中国现代文学馆鲁迅铁雕头像的作者，艺术家熊秉明先生，半个世纪以前，在《欧洲杂志》季刊第六期1966年（冬季号上）发表过一篇《论三联句》的评论。虽然里面主要是讨论余光中的现代诗歌《莲的联想》的，但其中连带出对古典诗词的分析，是我见过的诗词赏鉴文字里，让人眼帘一新、脑洞大开的文学评论。比如，蒋捷的《一剪梅·舟过吴江》一词里，上下片里运用了四个“三联句”:“一片春愁待酒浇，江上舟摇，楼上帘招。秋娘渡与泰娘桥，风又飘飘，雨又萧萧。何日归家洗客袍?银字笙调，心字香烧。流光容易把人抛，红了樱桃，绿了芭蕉。”熊先生说:“三联句”在语义和内容上有两个特点，第一是它的流动性，第二是它的跳级性。“这里的力是同向的，顺向的，一波激起一波，向前推进。对仗像建筑里的四合院：走进大门，就可以一览其整体方正、庄穆、均称的结构。三联句则像曲折庭院的布置：它节节诱你向前。”他举余光中诗句里的“三联句”来分析它的跳级性:“看你的唇，看你的眼睛/把下午看成永恒。”第三句虽然也是“看”，却不是平列的第三条“看”。“唇”和“眼睛”是同类的事物，“把下午看成永恒”乃是从唇和眼睛跳到新的层次，从形象转向无形，从空间的物走入时间和超时间。前两句要等第三句的出现才获得完全的意义。

熊先生又谈及"三联句"的音乐性。他说：试读杜甫的"丛菊两开他日泪，孤舟一系故园心"，无论在内容上，在音律上，字与字之间的牵制呼应都达到了绝对的关系，营造力学的关系，不容稍有改动，一动就牵及整个建筑间架。在组织上，对仗可说是律诗的纽结，在这里曲意达到最高潮，诗情翻为白热。"三联句的流动性，在这里我们换称作'配时性'。重复或部分重复的两个诗句造成半偏的情形：在语意上，造成'悬案'的感觉；在音律上则造成显明的节奏。'汴水流，泗水流。''思悠悠，恨悠悠。'我们可以打着拍子歌唱。我们不是说没有同字，就没有节拍，当然也不是说律诗中没有节拍，但是三联句的第一、二句，字数少，字数同，往往每句只有两个字到四个字，韵位密，容易产生节奏效果，再加上同字占据在同位置，就成了以强明节奏为特征的乐句。但是乐曲只有海波击岸，周而复始的节奏是不够的，于是有待于第三句带来旋律。第三句较长，较舒缓，抑扬跌宕，和第一、二句的明板击节成为对照。在语意上，我们曾说三联句的一个特性是'跳级性'，从一、二两句到第三句有一'层次'的跃进。表现在音乐方面，即是从'节奏'转为'旋律'。"（参见《熊秉明美术随笔》）

我是觉得你已经把"词气"里的流动性、跳级性和它的音乐性，气沉丹田式地海吸到了你的全部散文的书写里，海吸到你的散文气韵里。不妨以你的《丙申年》里第七节的文字，尝一脔肉，而知一镬之味，一鼎之调：

山里的雨，脾气暴躁，根本没有隐修者的柔顺与温和。我的记忆中，山雨来得总是安静，如同小兽，轻轻巧巧，踩在枯叶上，踩在花瓣边**缘**，踩在苔**藓**和蘑菇的顶**端**，便是叩打屋**檐**，也仅仅是一滴水摔碎的声音。但这里的雨，即便是沉寂的夜，也要哗啦一声，仿佛袋子里的蚕豆被倾倒在冰**面**，仿佛一把手摁住琴**键**，仿佛无数嘴巴被打**开**。这样的肆无忌**惮**，忽而退去，忽而成**排**，忽而散**开**，似乎窗外有一支庞大的古代军队，被将军指挥，正在变化阵形。

我用黑体标示的字，不但押着环佩叮当的声韵，阅读的过程里，那内在的节奏和暗暗蕴含着的旋律，让这些朴素的文字，朴素的意象，附着了一种词语律动的魔性。那里面的回环复沓，让人能嗅出丝丝缕缕的歌谣（像古诗十九首）、乐府、民间故事的韵腔。我在一篇缅怀台湾诗人杨牧的文章里见到这样的表述：复沓或者间隔性的重复会产生一种似曾相识感，引我们在同一个主题前驻足。这在时间感上唤起一种从容，因而很大程度上抑制了在生活中习以为常的迫不及待。文章里的一个观点就是抒情为世界减速。你自谦说你不会写诗，天真或者感觉器官注射过麻醉药的读者，可能会因为无感而“上当受骗”（这自谦，不是出于有意的欺骗和撒谎，仅仅出于你的谦逊和礼貌），如同参禅死于句下的钝根。像你如此精细繁复地以诗性的语言摹写时光，如此广种在字里行间的诗意，早就无愧于诗人的令名。而且，正是借助着诗性而细腻的书写，发挥着心理减速器的作用。因为细密，我们得一一看过，得在那里驻足静观，仿佛徜徉在江南的私家园林，在亭廊花径玩赏鸟语花香，闲敲棋子，听凭一缕清风吹落夹在线装书里充当书签的一瓣梅花。现在我完全理解那些民间的年画、衣服上的绣品、鞋垫、枕套上的图样何以那么繁密了，那一定是把我们的眼睛转换成了两轮磨盘，观看的过程就是随着线条、图案慢慢细磨时间的过程。

我还越来越觉出古体诗离我们现在说着、写着的白话，远一些，仿佛是白话的远亲。宋词的出现，从语言形态和韵致上，是在典雅的书面化诗语里，糅进了越来越亲切、通俗的“话”的成分，勾栏瓦肆的气息。及至到了元曲，宋词里还未充分融化掉的典雅的晶体，被一种弥漫性的世俗气息，熏染得满衣满身，满头满脸。承继着这一文脉的明清小说，完全是顺遂着这股势力，一气贯下。到了曹雪芹，忽然又在这股势不可挡的世俗气的喧腾里，控制力极佳地扽了一回刹绳，把从前的优雅和目下的世俗，精致地炼成了一粒文学的“冷香丸”。之后的白话文，简直就是一次次文学语言的驴打滚，试图满身沾惹尘土，蹭掉从前优雅语言里积存的数不清的痒痒。

到你这一茬，你一定是心迷冷香。但你不会像佛家那样不惹尘埃，也很难摆出“渺目烟视”的姿态或表情。你是像青海人里勤谨的主妇，清晨即起，洒扫庭院。你用撩泼出去的清水，降下浮尘。透明的空气里，于是同时有了阳光的幽息和尘土的味道。

关于你的散文的“诗”性，我觉得可以告一段落。我将在下一封信里接着说说你的“文”性。

今天就来谈谈你的散文在体裁上“文”的特性。

现在大家都是以“散文”来标识你的文体，从大方面来讲，也没什么不妥，就像可以通存通兑的流行货币。但要是结合具体的情形来研究，还戴上均码的帽子，一定少不了有箍得过紧的感觉。所以，我觉得最为妥适的方法就是量体裁衣。

在中国文学的语境里，“散文”是个借来的术语，我们一般把五四以前的文言文统称为“古文”，不包括骈文。在古典文论里，一般又简称为“文”。后来，这个“文”里又分出“笔记”这种以随笔记录为主的著作体裁。吕叔湘先生编过一本《笔记文选读》，他在序言里有这么一段平实的说法：“我对中国文学史没有研究，只是有这么一个感觉，从先秦以后到白话文学兴起以前，中间这一千多年里，散文文学是远远落后于韵文文学的。这个时期的大作家，司马迁以外，数来数去就只有诗人的名字。连最有名的散文作家韩愈和苏轼，也好像是他们的诗比他们的文更可取似的。……打开《古文辞类纂》之类的书来看看，可以算作优秀的文学作品的实在不太多。其实这一时期的散文文学，如果不限于第一流的作品，还是有相当数量的，只是文集里不多，应该到‘杂书’里去找罢了。所谓‘杂书’，包括多种，而数量最多的是笔记，这里面是有很多好东西的。……笔记作者不刻意为文，只是遇有可写，随笔写去，是‘质胜’之文，风格较为朴质而自然。”他还说：“随笔之体肇始魏晋，而宋人最擅胜场。”吕老的这个判断与大学者钱锺书在二十来岁时的思考大体一致，只是钱先生考论得更深入细致。他是在骈、散文（“古文”）的线索之外，另辟出“小品”文中的“家常体”，并提出自家的“文笔论”：“小品”和“极品”的分疆，不在题材或内容而在格调（style）或形式了，这种“小品”文的格调，——我名之曰家常体（familiar style），因为它不衫不履得妙，跟“极品”文的蟒袍玉带踱着方步的，迥乎不同——由来远矣！其形成殆在魏晋之世乎？汉朝的文章是骈体的逐渐完成，只有司马迁是站在线外的，不过他的散文，并不是“家常体”，要到唐人复古的时候，才有人去师法他；在魏晋六朝，骈文已成正统文字，却又横生出一种文体来，不骈不散，亦骈亦散，不文不白，亦文亦白，不为声律对偶所拘，亦不有意求摆脱声律对偶，一种最自在，最萧闲的文体，即我所谓家常体，试看《世说新语》，试看魏晋六朝人的书信，像王右军的《杂帖》……据我看，“笔”就是这种自由自在的家常体，介乎骈散雅（bookish）俗（vernacular）之间的一种文体，绝非唐以来不拘声韵的“古文”，韩愈复古，纯粹单行的散文变成了正统；骈体文到了清朝方恢复地位，而家常体虽未经承认，却在笔记小说里，在书函里相沿不绝，到苏东坡、黄山谷的手里，大放光明（东坡、山谷的题跋，便是家常体，他作则为“古文”）……（《近代散文钞》）。

延续到当代，作家阿城在写给诺埃尔·迪特莱的信中专门讨论到“笔记”：“目前，小说（甚至长篇小说）的写作是可能的，但不是‘长’小说。然而，笔记这一文类消失了。1984 年，我开始一段一段地写我的《遍地风流》，差不多在 1985 年，杭州的李庆西确认了‘新杂文’（就像人们讨论‘新小说’一样）。接着又有一些人写了笔记小说。在写笔记小说的当代作家中，我偏爱汪曾祺。说实话，汪曾祺是忠实于笔记小说的唯一作家。这种文类大概同时具有诗、散文、随笔和小说的特征。可以通过它把我们的许多遗产传之后世，同时可以在描写中进行各种各样的实验，例如句子的节奏、句调、结构、视角等等。”（《阿城精选集》）

综合这些学者、作家的观点，我选择“笔记体”这个概念来说你的散文。也就是说，你散文里的硬核技术是笔记。“笔记体”的识别度、流行度和认可度都极高，它也是最具兼容性的一种文体。巴赫金在西方文学语境里，把小说视为一种开放文体，视为“文本领域的绿林好汉”。而在中国文学语境里，笔记则是我们“文本领域的罗宾汉”。它没有固定的模式来约束自己，没有把自己变作一个文体的模具，它永远都是一件正在生成中的事物。它跟神幻故事中那些高人身上携带的神奇法器（葫芦、布袋、水晶球之类）一样，在貌似有限的空间里，却容纳着世间无尽的宝藏。只有它才会跨越、破除各种文体疆界，让文史哲齐聚一堂，让形形色色的社会杂语和经典表述同床共枕。它通过自身所拥有的审美特性，既让作者赢得被社会时常漠视、久违，有时甚至是践踏了的个人尊严，又让他和他的思想以及他人通过阅读所产生的各种感会，逐渐靠近自由的境界。这意味着艺术、审美的目的，不单单是让人们沉醉于大河落日、小桥流水似的风景，不单单是让人们领略万类霜天竞自由的自然生机，它实际上是在通向一种属于每个人的，可以也必须是与他人沟通、分享的心灵政治。“风格是一种斗争，一种政治。文本愈是摆脱特定的异己之物或愈是不受制于表达的具体环境，便愈具有审美性。换句话说，审美构成了一种自由。把艺术同自由联系起来并非巴赫金首创。这至少可以追溯到柏拉图的观点：诗人威胁着理想国的长治久安。在巴赫金时代，斯大林也看到了这种威胁。由于审美事实上是这样的一个领域——在其中当下因素的制约作用微乎其微，因而审美总是一个‘它性’最强盛的王国，一个最宽广的通道，——‘现在’可以由此遁向‘未来’。这种未来在褊狭的话语范围内——例如政治与宗教——是梦想不到的，在那里，未来作为现在的结果是可以预知的。”（卡特琳娜·克拉克、迈克尔·霍奎斯特《米哈伊尔·巴赫金》）

你的三本书里，《金色河谷》《焰火息壤·柳湾彩陶》《西风消息》在文本的组织构架上，完全采用了属于“文”的随写随记的笔记特性。《金色河谷》采用了笔记的片断化书写方式，只不过在行文格式上，你采取空行来间隔每个片断的书写内容。《焰火息壤·柳湾彩陶》采用了章节形式。十个章节，每个章节又分为AB两个部分。它们在上下文的衔接上，极为松散、宽舒，富有张力和弹性——这让我联想起你《金色河谷·回声》里缠线的技艺："爷爷的手并不灵巧，但是捻出来的毛线匀细而有弹性。我缠线团渐渐得出技巧，如果线团绕得过紧，毛线会失去弹性，我便以手做轴心，给线团留下空隙，这样绕出来的毛线团又柔软又蓬松。"这岂止是在缠线。这里你所呈现的缠线之法，完全适用于文章这种织体。文章的起承转合，不也同样需要时时给需要表达的内容和意义留下"空隙"，既不能绕得过紧，也不能绕得过松，松紧之间要保持"又柔软又蓬松"的弹性。只保留文脉的内在指向和趋向，是书法上的笔断意连——我忽然发现我们书法的布局节奏，行笔走势，完全是笔记性的随性随意。

我先粗浅地说说《焰火息壤 · 柳湾彩陶》。

这本书的特别，是在题材上。它属于文物考古随笔。此类随笔是近年来随着文化热而一热再热的一类文体。文物考古本属于极为专门的学问，长期以来，研究者多是以论文形式，在远离大众的学术期刊上传播有关成果。其受众的有限，主要来自它的文体和文风。后来，国内一些学者尝试用清新活泼而又不失严谨的随笔，来书写这类既专深又冷僻的内容。结果，甫一问世，就受到读者的热捧。像这些年扬之水的《终朝采蓝》《曾有西风半点香：敦煌艺术名物丛考》等，刘学堂的《彩陶与青铜的对话》都是热销的书籍。十几年前，从我们青海出去的岩画学者汤惠生写过一本《经历原始：青海游牧地区文物调查随笔》，时至如今早已是书店里难以寻见的"稀罕物"。他们中间，扬之水虽不是考古系出身，但以其擅长的"名物学"知识，加上清雅流畅的文字，配上稀见的文物图片，频频吸引读书人的眼神。你的《焰火息壤 · 柳湾彩陶》，聚焦的是那些陈列在博物馆里的柳湾彩陶。你当然也不是吃考古这碗饭的学者，你的优势在于以文学的方式，走进这些沉默的文物。你的淹博的知识储备，良好的文字表达能力，使你没有把这本书变成一本扩充了的文物简介。在这一点上，你已学到了房龙这类通俗作家在历史、地理、文化、文明、科学等领域进行书写的高超表述技艺和经验。虽说你在文物的研究上，一时没法达到专家级和文化大家级别的博识与通识，但你已经把自己深深浸入到那些文物里，以沉浸式的体验，像巫者一般，穿越于远去的时空。你的“仙家法术”既不玄虚，也不神秘，你最为拿手的功夫，恰恰是为玄虚、神秘、古奥的知识祛魅。方法就是启动自己的生活经验，唤醒早年的记忆。你不用小心地求证，你只知道大着胆子去利用自己的经验、记忆去合理想象，去进行一次次文学化的情景再现。实际上，这本书里，你做得极为克制和小心，特别善于藏拙（尤其是对那些还吃不准的文物）。你显然认真听取了你的朋友对你书写这类知识文本时善意而诚挚的告诫：“在面对老而旧的精神面貌时，如果你发现自己有所谓‘新’的话要说出来，记得要老实些。”“老实些”——这个写作戒律在科班出身，动辄是研究生和博士生的学者眼里，土得掉渣，没有什么学术含量和学理逻辑。但它恰恰是写作伦理学和研究思考的地基。我不想举太多的例子，只举一例。那是你在谈及彩陶上的漩涡纹时写下的文字：“父亲曾对我说，世上所有的漩涡中，只有碾场的方向和男子头顶发旋的方向是顺时针，其余都是逆时针旋转。后来我努力回忆，发现农人在打碾场上驾牲口或者拖拉机碾场时，都是顺时针旋转。至于男子头顶的发旋走向，我一直未曾一探究竟。// 如若父亲所说，几千年前，那个曾经出神打量河水漩涡的陶工，他所看见的漩涡方向，必然也是逆时针。那些漩涡气贯中心，循环往复，连续不断。陶工无法理解这种自然现象，包括在晴朗天空下出现的龙卷风，它们平地生发，卷起所能卷起的一切细碎，旋转、移动，然后又突然消失，仿佛神示，秘而不宣。// 于是，陶工在陶坯上描摹出漩涡形状，后来，他又将它们连续反复，最终成为器腹上的螺旋纹。”

如果上面这段文字是靠着半纪实半想象的方法构筑起来的话，那么，在第三章《陶窑　物的联系》里，A 的部分，你是拼贴了作家黑陶有关制陶的文字。B 的部分，你则放开手脚，利用想象，合理进行了一次文学化的情景再现：“他曾采来山谷之中的红胶泥烧制陶器，但总是失败……实际上，他并不谙熟窑中火力与陶器的关系，或者明白，但无力改善……”“他对烧制陶器的兴趣大于其他，但没有理由，他从不思考一些过多的问题。衣食已经有了保障，他已经懂得用陶器去换取一些东西，疾病也暂时没有发生……”“现在，他坐在这两种不同类型的陶坯前，试图将两种陶器的好结合到一起，如同在一株嫁接的树上开出两种花来。他应该是 9 月份的处女座，阴柔，敏锐，凡事希求完美。”这只是我摘录的几个小节，从对陶工的描述中，我辨识出你在书写中不动声色地糅进了“小说笔法”。毫无疑问，这是典型的小说笔法，以虚构方式塑造人物、设置场景、构想情节、揣摩心理。一些只认散文家李万华的读者，会本能地腹诽我的判断属于信口开河，或是即兴给你戴了顶他们没见过的帽子。实际上，他们已然固化的认知模式（熟视无睹），很不习惯任何新的标签。事实上，我也不是硬要往你身上安顿什么标签，它分明就是你怀揣在身而暂时没有亮明的功夫（其实已经隐蔽地使了一回虚构的招式）。可能有一些人会觉得没写过小说的，怎么会有小说笔法？小说笔法的硬核就是虚构，谁没有一点虚构的能力呢。须知，虚构并不是仅属于小说家们申请来的专利发明。从事其他文体的作家、诗人，也并非终生画地为牢：小说家只是服用小说，诗人只是服用诗歌，戏剧家只是服用戏剧，音乐家只是服用音乐，好像作家、艺术家只能恪守“井水不犯河水”的文体戒规。他们忘记了人在饮食上是杂食动物，在精神上更是杂食动物。人们畸形而又机械的文体类别意识，把他们一生都框定在各种条条框框里，就像融化的铁液倒进整饬的模子里，变成一块块规格尺寸一律的铁锭；就像流动的水凝固为四四方方的冰砖。

我为我的发现而感到欣喜。你的《焰火息壤·柳湾彩陶》，当然使用了许多文学技术，但里面最重要的一项技术，就是你把小说笔法糅进了你的散文写作当中。这是你的实验，这也是你的开拓。这么说吧，在写作上，你学到了川剧中变脸的绝活。顺便一说，小说笔法也属于“文”，而且是文里的大端，什克洛夫斯基写过一本著名的文论《散文理论》，主要就是讨论小说理论的。当年买来读的时候，最初的心理预期还真是朝着散文的疆域跑的，没想到人家研究的就是小说，从此，大脑皮层褪去成见的一层老茧。

《焰火息壤·柳湾彩陶》厉害的地方在于，面对古老的文物和生僻的考古学疆域，你懂得怎样用想象去重构历史。在历史的写作里，如果过分听从现在对过去的支配，甚至放任现在去绑架或者劫持过去，那么，所有的历史写作非但构不成值得信赖的历史，它直接就是谎言，就是历史的暗惑。你没有从想象的钢丝绳上坠落下来，也没有在上面大幅度地摇来晃去。你保持住了应有的平衡，完成了一系列高难度的知识动作，是成功的一次文物书写。

截至目前，《西风消息》是你在文本结构上有所设计的一本书。它以二十四节气为文本框架，以春夏秋冬分为四辑，分别为“从立春到谷雨”“从立夏到大暑”“从立秋到霜降”“从立冬到大寒”。按理，二十四个节气当依序写来，但你没有全部来写，而是每辑选择四个节气。实际上，你只写了十六个节气，空缺八个节气。这个框架的搭法，仍然见出你笔记式思维的收放：收有收的底线，放有放的长线，不拘泥，不委屈了脚丫子硬去套鞋。

说起这部书的缘起和写作意图，你在这本书的自序中说：“大约从2006年开始玩博客，那时胆子大，逢着一个节气，某种时辰，或者一段情景，某个梦，触发某种情绪，便在博客中记录下来。”“这本书中的一部分文字，便来自那时的博客记录。它们有点像贝拉·塔尔的电影，个体的平淡，细节的重复，并且乐此不疲。我因此尝试写下时光的模样。”

和你的著述方式差可比拟的一本书，是清代孔尚任采录曲阜民俗而撰写成的《节序同风录》。《四库总目》提要云：是书仿《荆楚岁时记》为之，以十二月为纲，而以佳辰令节分列为目，各载其风俗事宜于下，颇为详备。

他辑录在三月纲目下的文字，我随意摘来几条分享与你：

士女各握赤小豆二粒，往东流水滨洗目，毕，掷豆于水，曰“换眼”。

赏花树下，有花片坠杯中者，饮以大白，曰“飞英会”。

看海棠花，女子以裙裾围之，曰“借花光”。

临水造纸，曰“桃花笺”。

小儿抛瓦石片向空飞转，以高低远近为胜负，谓之“抛堶”。或撇水面，数飞数伏，百步不沉，名“打漂儿”。

彼时的风习，彼时的言辞，今日看来，因其久远而陌生而难得一见，反而增添了我们的好奇与兴味，好奇引发的趣味因此也放大了好多倍。更遑论其间醇厚得赛过一大坛老酒的文化情韵。摘录里的最后一条，我们小时候也常在湟水河边寻找又扁又圆的那种石头来打水漂，打得好的，擦过水面的石块会带出一溜击溅而起的连环水花。

说实话，节气在我们城市生活里，地位和作用远远不如农村、乡下，因为它本身就是服务于农业生产，农民对农事季节的情感与敏感，是不可能和城里人同日而语的。我记得《宋诗选注》的末尾，有一首萧立之的《偶成》，虽然不过是对一场雨而发的慨叹，从中却能一眼见出城乡人的文化差异和由此导致的心态差异：“雨妒游人故作难，禁持闲了下湖船。城中岂识农耕好，却恨悭晴放纸鸢。”

在青海，我知道梅卓在2000年之后写过一组《季节之酒》的组诗，每首小标题列有《立秋：饮酒方式》《白露：酒醒何处》《寒露：酹》《立冬：苍茫之酒》《大雪：一种感觉》。近年来，国人的文化意识苏醒，有关节气方面的书籍出版了不少，形成某种小气候。比如，江苏作家申赋渔2010年出版过《光阴——中国人的节气》，湖北随州籍学者兼作家余世存写过《时间之书》。他们的文字全都属于文化书写，知识传输，意在传递中国乡村社会在二十四个节气这个独特的时间刻度下，所弥漫出来的固有的中国人的自然观——他们把这个农耕社会里遍在的节日，视为吾土吾民与天地鬼神相对话，与神话、传说、信仰、风俗、娱乐相交织的时间组结。而你是纯粹的文学书写，呈示出二十四节气里青海山乡依循农事历法所展开的生活化片断，和历历在目的一帧帧生活图景。你无意于在整体或者宏大的架构下编织你的文本，编织属于农民、属于乡下的时间日历。你是以个人的感觉、观察、记忆甚至梦境，去摹写青海农耕社会的世俗景观和自然景观，骨子里仍是沿着《诗经》中“风”的道路所进行的一次现代意义上的柔性吹拂。在这股吹过稞麦、庄廓、风沙、头巾、烟粒、雪花、墓冢、酣梦、忧喜的风里，你时隐时现地镂刻下乡人们（主要是你的家人和你）农事时的身影，镂刻下风中摇曳的树木、花姿、飞羽、嘤鸣，剪辑下先前和现在款款微动着的内心光影。从具象赋形的意义上来说，你的这本以散文方式来书写的书，在当代文学中自当有其不可小觑的分量和特殊的价值。

从散文书写的角度来说，林贤治当年在评价刘亮程的《一个人的村庄》时说：刘亮程是 90 年代的最后一位散文家。出版界对这部作品的一个定位是“后工业化时代的乡村哲学”。新千年之后，我们在李娟的羊道系列里，有幸一睹游牧民族的生存景观。那么，更广阔细致的、具有相当表达质量的乡村书写，你毫无疑问是一位具有代表性意义的散文作家。

把你的书写类型完全归入到乡村书写肯定是偏狭的，虽然你书写了大量的乡村名物、乡村物事和乡村风习，但你又融入了生态文学里对自然的书写（主要写动植物），同时也植入你大量的生命记忆，隐隐刻录出一位散文家的心灵史，你的心灵镜像。这种书写上的跨文体，或者说在多种文体里的闪转腾挪，或对多种文体的兼收并蓄，无疑是对笔记这一文体所具有的杂糅特性的再度拓展。笔记是混在杂书里的，它们之间彼此气味相投，你来我往。

进一步说，你写节气，更把重心放在物候的书写上。古代总结出七十二候，各候均以一个物候现象相应，称候应。其中，植物候应关注植物的幼芽萌动、开花、结实等，具体的表述有什么“萍始生”“苦菜秀”“桃始华”等；动物候应关注动物的始振、始鸣、交配、迁徙等，具体的表述有“鸿雁来”“虎始交”之类；非生物候应关注始冻、解冻、雷始发声等，具体的表述，像什么“水始涸”“东风解冻”“虹始见”“地始冻”之类。由于气候的实际情况及地区差别很大，比如像我们青藏高原，5 月才是春天的开始。迟到的春天加上地球第三极的高海拔气候，使我们的候应反映在自然界，就出现不少只有高原才会出现的动植物，像植物里的头花杜鹃、刺柏、雪莲、狼毒花，动物里的藏獒、金雕等。

在这里，我发现一种读书人和物候之间互相感应的特殊精神一文化现象。它不是农民出于农事生产的需要而与物候的感应互动，而是读书人在精神、心理上与物候的一种极具个性特质的感应互动，姑且发明一个概念，就叫“心候”。我没有考证过“心候”始于何时，但在印象里，明代作家在这一方面的言说居多。像高濂在《遵生八笺》之七的《起居安乐笺》下卷里，就有一段经典的“心候”表述：“心不甚定，宜看诗及杂短故事，以其易于见意，不滞于久也。心闲无事，宜看长篇文字，或经注，或史传，或古人文集，此甚宜于风雨之际及寒夜也。”他已经把阅读某种类型的书籍，与某些非生物候应（风雨之际及寒夜）关联起来，尽管这种经验在趣味取向上因人而异，未必具有普适性，但人与自然环境气氛的内在感应，一定是有着某些心理学的依据（像古典诗词里经常表现的一个母题或类型即是“暝色起愁”），甚至与脑思维学科也有着隐秘的联系。另一位明代作家吴从先在《赏心乐事》里，更加细化地表述了他的“心候”：“读史宜映雪，以莹玄鉴。读子宜伴月，以寄远神。……读《山海经》《水经》、丛书小史，宜疏花瘦竹，冷石寒苔，以收无垠之游，而约缥缈之论。读忠列传，宜吹笙鼓瑟以扬芳。读奸佞传，宜击剑酌酒以销愤。读‘骚’宜空山悲号，可以惊壑。读赋宜纵水狂呼，可以旋风……”到了清代的张潮，前代对“心候”的那种表述再次得到接力式的延续。《幽梦影》里说：“读经宜冬，其神专也；读史宜夏，其时久也；读诸子宜秋，其致别也；读诸集宜春，其机畅也。”如果说以上三位都是处在农业社会，所以才有这般的表征，那么到了现代社会，工业时代，甚至当下的网络时代，是否这样的“心候”就式微了呢？答案是否定的。有着东西方文化背景的林语堂，同样说过他的“心候”：“在风雪之夜，靠炉围坐，佳茗一壶，淡巴菰一盒，文、史、哲经十数本狼藉横陈，随意取读，才够读书的兴‘味’。”虽说他的“心候”只是限定在风雪之夜，但雪夜与阅读的感应，还是隐隐延续了古代“心候”表述的文脉（过去的文人就因为“雪夜闭门读禁书”的特殊体验，还给雪夜披上了一层特别的情致）。现代人身上的“心候”，越来越随意，越来越倾向于个人的嗜好趣味，像画家老树在画上的题字“冬夜卧听山前雪，夏日坐看雨中花”，已经体现出更趋休闲的旨趣。诗人柏桦在他的长篇随笔《左边》里，以四季来昭示他的“心候”：“冬夜学习围棋，春夜翻阅旧籍古词，夏天纳凉饮酒，秋夜听园子里蟋蟀的清鸣。”再到你这里，你更加率性：春雪之夜里听柴可夫斯基的第一弦乐四重奏或勃拉姆斯的钢琴四重奏；熬药时的等待里，读勒克莱齐奥的《非洲人》，黄昏时听贝多芬的《献给柏拉图式的恋人的奏鸣曲》……每个人的趣味和方式真是千差万别，你虽然也表述过“不是有意要选择雨夜来读萨福的诗”，但读书人的心境与自然界的风霜雨雪所唤起的那么一些或显或隐的感应关联，或者仗境起心时引发的某些隐秘的契合，已然是值得我们留意的普遍现象，是我们古典情韵的孑遗，是人与自然感应的继续。而你的动植物候应和非生物候应书写，因为是高原物候的文学书写，从而在当代散文界，体现出题材上的地域特殊性和言说的稀缺性。

再说一下，你的中国传统文人娴习偏爱的笔记式“文”法，从文章的气质上，还跟西方文学里的随笔脉脉相通。

法国语法学家、词典和百科全书编纂家皮埃尔·拉鲁斯这样解释“随笔”:“为了消磨时间，从一个地方走到另一个地方[……]。带着某种目标走来走去。[……]不停地运动，四处漫步[……]，将视线交替对准各种各样的东西。”（威尔曼《散步：一种诗意的逗留》）这里最引起我注意的是随笔产生的运动机制：文学行为模式下的“散步”。美学家宗白华也写过“美学的散步”，他还联系到哲学上的散步。古代的哲学家庄子好像整天在山野里散步，观看着鹏鸟、小虫、蝴蝶、游鱼，又在人间里凝视一些奇形怪状的人：驼背、跛脚、四肢不全、心灵不正常的人。他还反思到散步的优劣：散步是自由自在、无拘无束的行动，它的弱点是没有计划，没有系统。不过，没有系统，并不妨碍各种新鲜思想的生成。在我看来，笔记的生成，绝大多数属于过去的文人坐在书斋里，借由书籍所展开的一束束心思和文思的漫游，其间混杂着对过去的记忆、某些当下经历的记录。笔记的标配里，少不了一堆书或是一两本贴身的书（有的人表述为枕边书）。比如阿城的《威尼斯日记》，是用日记的方式舒展笔记的腿脚腰身，手边随时捏着一本唐人崔令钦的著名笔记《教坊记》；它就像文字的弹幕，时不时地插入到他的威尼斯游记的观感里，形成互文；李敬泽的《看来看去或秘密交流》，是以笔记的方式，穿行于驳杂的中外文本之间，从他书后的跋里，他又引出一个潜文本——布罗代尔的《15 至 18 世纪的物质文明、经济和资本主义》，作为此书潜在的超级链接。笔记的开放性就在于：它能不断把文本的触须，延伸到眼睛和脑颅所能碰触到的任何一个领域，任何一个作者意欲介入的话语空间。

但你的随笔性，以压倒性的倾向，倾向于耳目之接，视听所感，步履所至。这就是你所说的“小时候喜欢野”，也就是到处疯玩。你的这种好动、好奇的性格，让我想起沈从文先生在他的《从文自传》写下的一章——《我读一本小书同时又读一本大书》，他的“大书”就是他的湘西农村生活：“生活中充满了疑问，都得我自己去找寻解答。我要知道的太多，所知道的又太少，有时便有点发愁。就为的是白日里太野，各处去看，各处去听，还各处去嗅闻，死蛇的气味，腐草的气味，屠户身上的气味，烧碗处土窑被雨淋以后放出的气味，要我说来虽当时无法用言语去形容，要我辨别却十分容易。蝙蝠的声音，一只黄牛当屠户把刀剸进它喉中时叹息的声音，藏在田塍土穴中大黄喉蛇的鸣声，黑暗中鱼在水面拨拉的微声，全因到耳边时分量不同，我也记得那么清清楚楚。”你不也是这样吗？从童年到现在步入中年，你的走动从未停止过。所不同的地方在于，童年是完全出于孩童的天性“各处去看，各处去听，还各处去嗅闻”，现在呢，你的四处走动跟你的文学书写，经常性地如同齿轮和齿轮相互咬合在一起。为了避免成为纯粹为了写作而写作的役使，你在四处行走（有时候更多的是溜达）和写作之间，调控、转圜出一种若即若离的弹性空间。这样，既不被写作所缚，也不被心灵所缚。这样一种让身心处于自如自由的双畅状态，得间使身心得到滋补或休息，以便时时葆有和增进兴致、精力、敏感度，这样的不受“劫持”的身心状态，在我们的古典语境里称作“养”。《曾国藩教子书》里拈示过一个关于读书的良方——“涵泳”：“涵者，如春雨之润花，如清渠之溉稻。雨之润花，过小则难透，过大则离披，适中则涵濡而滋液。清渠之溉稻，过小则枯槁，过多则伤涝，适中则涵养而浡兴。泳者，如鱼之游水，如人之濯足。程子谓鱼跃于渊，活泼泼地；庄子言濠梁观鱼，安知非乐？此鱼水之快也。左太冲有‘濯足万里流’之句，苏子瞻有夜卧濯足诗，有浴罢诗，此人性乐水者之一快也。善读书者，须视书如水，而视此心如花、如稻、如鱼、如濯足，则涵泳二字，庶可得之于意言之表。”置换一下其中的主体词语“读书”二字为“观物”二字，庶几近之于你随走随笔的“养态”或者“涵泳之态”。

作为单篇的《丙申年》，也在此附带一说。

过去，具体来说，是在民国以前，传统的文人都喜欢采用农历的干支纪年法来铭刻时间，尤其是多以干支纪年法来标记自己著作的书名或文章的题目，像俞正燮的《癸巳类稿》、龚自珍的《己亥杂诗》、仲芳氏的《庚子记事》；现代恐怕也只有郭沫若的《甲申三百年祭》。因为新中国之后使用的都是公元纪年。你使用丙申年而不使用 2016 年，这显然是你的一种经过考虑、考量的文化选择，一种面对古典文化传统所施行的个人化的“无缝焊接”。作为一种文化的生态或样貌，古典文化在事实上和时间形态上都已成为明日黄花，如同鲁迅笔下的那片压干的蜡叶，它的青葱着的美好时光已经一去不再，化作一册册线装书、古籍书承载的茫泱无垠的沉默文字。古典文化的现场和它的一系列文化氲氛，对于后来人来说，早已是一处处无法亲炙的殿庑、院落，我们后来者也只能凭借着那些已坠的“被蚀而斑斓的颜色”臆想从前，在其间经过长期的蚕食桑叶般的揣摩，一点一点化育出我们认知、体悟上的多个蛋白酶。你是比我更晚一茬的70后，但你比我这个长在城里的人似乎多出了一些幸运。撇去物质条件这一社会学和经济学的元素，在某些方面，你获得了远胜于城市的某些优质的文化资源。这种优质，体现在你所生活的那片乡土，借由偏僻和边缘，歪打正着地保留下许多中国文化尤其是农耕文化里连根带泥、连皮带骨的东西，我把你的这种优质的文化土壤视为文化息壤。它里面存有大量具有原生性、再生性的活态文化细胞。而城市文明，在文化上多是反复移植过来的东西，是众多离开原乡的事物，它们多半已经失去最初的泥土气息、最初的麦香、水分和元气，尤其是没有了野地里的野性气味，尽管它在很多情形下显得极为精致和典雅。但它缺失了元气淋漓的文化根性，变成无土栽培式的文化替代品。

一个作家要书写某个年份，总揣着某些特别的意味（像给生命和生活绾上特别的结），要么是基于这个特殊的时间点里发生过一些大事，要么是基于这个特殊的时间点对于个人的意义，比如坏的方面，是遇上命运里的一个坎儿，或者遭遇到佛教、印度教、道教里所说的宗教时间单位：劫数，即碰上什么厄运。好的方面，是忽然在那个时刻否极泰来，什么好事都往一块儿凑。你何以单单要书写出一篇《丙申年》？从你的文本里搜寻蛛丝马迹，可以捋出这么两点：一是在丙申年，你发生了重大的变化。在《丙申年》的第二节开头的文字，你给读者一个半遮半掩的透露："我的改变如同蹦极，但它们只在内部，外在的变化，由时间操控，我并不看重。"值得注意的是，你对这种内在变化的程度，做了一个很潮的比喻：如同蹦极。这种起源于南太平洋瓦努阿图群岛的一项非常刺激的户外活动，如今已经成为很多人狂热的户外活动选项。它的高强度刺激性在于，把人们从原先与"自由落体"相伴随的濒死感、失控感的恐惧体验——人类还没有双足行走之前，从树上忽然坠落到地上或者经常梦见坠入无底的深谷——带入到一种受到安全保障，又受到强大刺激的濒死感和失控感的游戏体验当中。这种巨大的心理变化，你也无意当中有所透露："以前见到的月亮何故总是清冷幽寂，如今，却发现月亮如同亲人，与我们这般不离不弃。"（又一次摄取月魂）心境的敞亮洞明，是你经由累积而在丙申年获得的最大收获，是你心灵的色彩偏向暖色的重大表征。

但你也有着自己心灵的灰色，这就是我所捋出的两点发现中的另一点：生病的经历，或者说是对疾病的隐晦表述。也就是古代文论语境里说过的"曲笔"或"隐笔"（刘勰表述为"遁辞以隐意，谲譬以指事"）。我甚至有一个偏激一点的想法，一个作家的成熟，有时候并不表现在他能言说一切，道尽一切，相反，要看到他在什么地方不去言说，看他欲说还休地把什么话咽回到不语的状态，看他把一些感受、体验、思想、观念噙在脑海里。这不单单体现着一个作家对个人隐私的自珍与呵护，还体现着高贵的尊严，对世故人情的体恤，对他人懊悔、难堪之隐衷的体谅，对人性瑕疵的宽宥。总之，是在节制中展开言说，展开书写，展开文字意义的显与隐、至与止。看看你在这篇文章的第三节末尾的表述："我始终不曾忘掉我的一些病友，尽管在一起的时候，我们相谈不过寥寥。"就这么简简单单的一句话，不扩展，不渲染，好像禅家参禅，刚一拈起，马上撇下。但在第四节的承接里，又隐约提及，微微浮现，但不是呈现，而是带有哲学沉思的感悟："我们在一起的那点时光，以及根源，我一直在试图与之和解，而非遗忘，然而多数人却视它为洪水猛兽，这是悲伤生起的缘由。然而这悲伤，也只在我如此认为的时候存在。我不会始终想这件事情，悲伤便也不会始终存在。奥修说，悲伤有它自身的美，你要庆祝。"

有句俗语：按下葫芦浮起瓢。转换为你的写作和表达，你是一直按着葫芦，只是微微让瓢露出一点，不让它全部露头。如此，你的文字在压力（隐）和浮力（显）之间，形成作用力和反作用力。

现在，再回到你的如同蹦极的转变；它既是心理的，也是审美风格的。从中国文学悠远的语义场来看，过去文人对自然、季节的书写，一写到花草流云，总要引发出一种类似传染病症候的审美反应或审美倾向，就是拿自然来感时伤怀。他们的情感基调一直是忧郁的，阴沉的，不开心的，以至于"伤春"和"悲秋"成为古典文学里席卷华土的主旋律。你比如陶渊明，好端端地看着一株紫葵，一转眼，就"猖狂独长悲"起来："蕤宾五月中，清朝起南飔。不驶亦不迟，飘飘吹我衣。重云蔽白日，闲雨纷微微。流目视西园，烨烨荣紫葵。于今甚可爱，奈何当复衰！感物愿及时，每恨靡所挥。悠悠待秋稼，寥落将赊迟。逸想不可淹，猖狂独长悲！”（《和胡西曹示顾贼曹》）钱锺书评点李贺的诗集，“细玩昌谷集，舍侘傺牢骚，时一抒泄而外，尚有一作意，屡见不鲜。其于光阴之速，年命之短，世变无涯，人生有尽，每感怆低徊，长言永叹。”延及清代，富察敦崇的《燕京岁时记》，刚刚写到秋果色相之美，一收笔，还是落在愁绪上：“七月下旬，则枣实垂红，葡萄缀紫，担负者往往同卖。秋声入耳，音韵凄凉，抑郁多愁者不禁有岁时之感矣。”

相形之下，你写花草、写生灵、写季节，写流逝的时光，一洗古典文学里代代相沿的忧伤情调，转多愁善感为明亮、健朗、优美、俏皮，也就是偏向心灵色彩的暖色。但这又不是这些年来流于肤浅的“心灵鸡汤”式的书写，它来自真正敞亮起来之后的心光。你全部的情感收束于澄明的理智，收束于心灵的欢悦，有时径直就是对生死的勘破，这一点，只要看看你写去世母亲的那篇《母亲的房子》就清楚了。字面上不见一个恸字，更不见一个泪字，仅仅示人以老衣上一朵深紫的虞美人。一反“绚烂归于平淡”的笔法，转为“平淡归于绚烂”，使哀情转为深沉柔婉的优美。我特别想说的是，你的情感、理智的欢悦，成分里含量最大的元素，当是来自于乡土上农民性情里一贯持有的踏实和欢实。在我的印象里，民间乡土里除了在地方戏曲和民歌里苍凉悲慨、熬燥纾解一番，其他搁在墙壁、窗棂、枕套、绣鞋、箱柜等日常生活里的艺术花样，无不出之以热烈、绚烂、敦厚、自在、宽展、清朗、皮实以及民间的幽默气质。它们不怎么沾惹书卷气和教宗气里的达观，它们是苦蒂上结出的甘瓜。青海有一句俗语，“今天的肝子比明天的肉香”，仅此一言，就可窥出那么一种得自简单、现实的口腹之欲，就能提升出满足感、获得感、幸福感的快乐机制。这种结结实实的、乡土式的、民间式的喜兴，是你文字里所发心光的底色，它在任何时候，也不输于《马太福音》第六章里“一天的难处一天当就够了”的智慧开示。

所以，你不会像陶渊明看到紫葵那样陡然转凉心境。你也看到和紫葵有一字之差的蜀葵，但你是转向淡定：“倒是蜀葵淡粉的花藏在叶子之间，不动声色。仿佛它们懂得，一切事情过去，也就是一些花瓣萎谢，需要忘记。”即便遇见晚秋之菊，在你眼中摄入的风景，稍一转换，情与景、物与我、主体和客体已然冥合无间：“风是学着朝人最柔软的心里刮来，带着阴沉的脸。可是阳光依旧温暖。阳光的黄衫显然薄了一些，但是阳光的脊梁笔直。阳光的步伐也齐整，并不显示出凌乱。阳光总归是温煦的，便是在它逐步落入苍黄的时刻。/ 人又去阳光里移动，碰碎一团菊花的清香。这已经是晚秋天气。”（《九月菊》）这个随意摘录的片段描写，已经呈示出你丙申年转变之后的心灵成色。

但我并不就此把你简单地视若网络语境里的“暖女”。你的音乐化的气质里，在更深层的层面上，兼容悲喜所包含着的一切成分，不管它们是明是暗，是刚是柔，是轻是重，是电闪雷鸣还是风轻云淡。最好的乐曲，都在试图谱写人类心中襞积的千般幽绪，万般感受。或者说，在你心灵的拐角处，你反倒迷醉于生命的挽歌、得到抚慰的哀伤：“在我的住处，每个午后都能听到临近某单位播放的流行歌曲，它们总在固定时间响起，杂乱、聒噪，久久不散，我知道很多人会听见，也有很多人听不见。某次，我听着那些歌声想，如若那些歌曲换作其他，譬如一曲《广陵散》，一曲理查德·施特劳斯的《最后四首歌》，或者莫扎特的《安魂曲》，如果那样，会怎样。我甚至想，如果当《最后四首歌》像一缕炊烟那样升起，在街道和楼宇间回旋，是否会有人停步，驻足，是否会有某种改变，在最细微的局部。”

你上面点出的这些曲子，有一个共同的指归，它们都指向人生里的一种特殊的时间形态，用巴赫金所说的术语，它们都属于“危机的时刻”“边沿的时间”，是“意识的最后瞬间”。我在研究昌耀的诗歌时指出，诗人昌耀特别着迷于这种处于毁灭性境遇下的人的最后的审美心理和审美创造。《最后四首歌》，是人生的告别曲，《安魂曲》是悼念死亡者的弥撒曲，《广陵散》是刑场上的一曲绝唱。大概要发出心光和人生的终极热力和刚毅，就需要经过这种大起大落的极致体验，如同修炼佛法者通过“白骨观想”以知无常而除却贪欲执着之念。

你也为此下过一转语：“生长一方面是因为遵循规律，一方面是因为某种坚持。但在人的世界，很多时候，坚持并非因为勇猛和自信，而是，你与某件事狭路相逢，没有转身的余地，只得面对面，硬碰硬。逆流而上，顶风前行，窄胡同碰到劫匪，都是如此。傲雪梅并非高洁到不与桃李混芳尘，而是生来便已冰雪林中着此身。”这大抵是你的存在主义理念的一个折射。

音乐上，我属于乐盲，谈多了会露出马脚。

2020 年 5 月 3 日 星期日 辰时

上一封信，我差不多将影响你书写的“诗”“文”来源的主要方面做了一点梳理。但这也只是打开了一个多层包袱上面的几层包布。我知道你是一个不愿碰触别人内心的人，恕我冒昧，出于研究和赏析的需要，我不得不触碰你“外在的薄壁细胞，探看到你多汁、隐含秘密的内里”。形成你这枚“浆果”的另外一些养分，我觉得太有必要予以揭示，因为正如巴赫金在答《新世界》编辑部问里针对当今文学研究时说过的一句话：“那些真正决定作家创作的强劲而深刻的文化潮流（尤其是底层的、民间的潮流）尚未得以揭示，有时根本就不为研究者所知。”

前面我所分析的“诗”“文”渊源，它们共有的一个性质就是它们都属于书面文化，属于经典里散发出来的光芒。其实你还拥有一束重要的文化和文学上的光源，那就是你的全部的乡村生活。从地理上来说，那是一处坐落在青海高原东部，北倚祁连山脉达坂山的一个叫互助县东合乡大桦林村的贫瘠山村。那里首先是你生命的胎息之地，其次才是你的文学出发的地方。你的文字里有关记忆、叙述、描写的部分，其底色全部来源于这个山村。也就是说，来自青海山乡的生活。它们以一种书面文化之外的口头—民间文化，构成了你书写的重要经验，也是你在文学创作上的原生性精神资源，是你的文学胎盘。

我从你的文字里建立起一个日益清晰的印象：你拥有完整的乡村生活。这个完整性使你从外到里、从衣食住行到精神娱乐，囫囵个地经历、体验到乡村生活的方方面面，加上你女性的细腻和敏锐，山村生活的所有褶皱里都落下你温纯亲昵的目光。伴随着成长和树叶一般稠密的日子，你的目光专注而持久，以至于在你决定用汉字一句一句地书写之前，我以为你已先行用你灵慧的目光，熟化着那片贫瘠而又富饶的山村。我特别喜欢“熟化”这个词语。一方面，它的意思是将原本生涩、瘠薄的事物经过时间的发酵，让事物变得芳醇或者成熟。另一方面，它的意思是你再熟稔不过的，那就是对土地习性的改造和驯化。人类经过深耕、晒垡、施肥、灌溉等措施，把不能耕种的自然土壤变成可以耕种的农业土壤。你的家乡在人文植被上，和青海其他的地方一样，无法和有着厚厚文化沉积层的省份和地区相比，人家有久远的地方志典籍，有名镇一方的私塾教育，有数不清的经史子集散藏在王五赵六人家，有风流无双的乡贤才俊们绵延不绝的名人谱系。青海拥有这一切，已经相当晚了。就是唐帝国的武官和文官征战边塞，我也没听闻过王昌龄、高适、岑参、李颀、王翰们在西北除了几首边塞诗，还留下些什么。我也没听闻过当年在甘肃（当时一个地方叫秦州——现在的天水，一个地方叫同谷——现在的成县），以种草药贴补家用的杜甫留下过什么草庐或者题跋、手泽。青海的地方志家底，都是明清以后来治边的官员们（他们多数是身负叱咤催山之气的武人）纂修的——明代中叶以前青海无地方志。而我们此地的人口构成，正如昌耀的诗性化表述呈示过的混杂："我们的先人或是戍卒。或是边民。或是刑徒。/或是歌女。或是行商贾客。或是公子王孙。"文化上的"晚熟"，造成文化上的时差，说通俗点，正如李文实先生曾经说过的那样："到了宋以后，由于生态环境的变化，加以海道畅通，西北这个地区，便处于落后的状态了。"就像此地在气象物候上也呈现为迟到的春天、晚到的收割。这是天时和地利决定的地缘气象。

虽然迟到，虽然晚熟，此地也并非文化的不毛之地，远古时期的文化，就撇下不表了。我想就从你脚下的乡土说说民间文化，尤其是活态情形下民间文化对你无微不至的熏陶。这是你"文"性来源的一个隐性的资源。

美国民俗学家阿兰·邓迪思对民间这个概念的界定"已不再局限于农民或无产者。所有的人群——无论其民族、宗教、职业如何，都可以构成一个独特的民间。"（《世界民俗学》中文版序）另一位民俗学家阿切尔·泰勒说得更具毛茸茸的质感："民俗不仅以口语，而且以行为和习惯在传统中世代相承。它包括民歌、民间故事、谜语、谚语及其他以语言来保存的东西；也包括像栅栏、绳结、十字形面包、复活节彩蛋之类的传统工具或有形物质；或者是像特洛伊城那样的装饰，像卐字形那样的传统象征物；还可以包括将盐撒在人们肩头，或在木头上敲击之类的传统仪式，或者像老年人对眼皮跳之类的事物的传统迷信。上述所有这些，都称之为民俗。"（《世界民俗学》）

先从大端和切近性上来说。

你的家族，家族中的先辈，尤其是你的父母，他们的生产劳作和精神活动，构成你创作的背景和创作的潜势力和显势力。你的父亲是个乡村画匠。这个身份所具有的不可低估的文化功能，正是瑞典的民俗学家冯·赛多说的“传统的积极携带者”。邓迪思对此有一个简要的按语——根据冯·赛多的观点：一个既定的团体中，仅有极少的积极的携带者。然而，正是这些少数人解释了传统的连续性和传播性。你的父亲就是那贫瘠山乡里属于凤毛麟角式的人物，他是乡土上的“士”。画匠的足迹从家乡走到了他乡，走到了空间上的远方。这使他的眼界与他走过的版图一样辽阔广大，甚至比牢固在大地上的舆地空间还要广大辽阔。

你身为画匠的父亲，凭借他的才艺和传统文化知识，凭借他的勤谨、聪慧、孤拔、开明、旷达的心性，在山村里发挥着一种举足轻重的文化功能，他也为此荣享了一种有别于一般农民的尊崇和让人高看一眼的待遇。关于这一点，你在《金色河谷》里专门写下一篇《画匠》，我在这里再把它“情景再现”一下——“木质疏松的廉价青杨木家具改头换面，它不再是那笨拙粗糙、简单沉闷的面柜炕桌，需要蹲踞在阴暗角落，它从此可以扬眉吐气，登堂入室，获取一种尊崇，华丽转身。”“那是一段漫长拙朴的时光，画匠推着自行车（车座后面捎着沉重工具）翻山越岭，穿村过巷，所到之处均会受到最好的招待：咸韭菜煎蛋、油饼、腊肉面片、奶茶，以及尊崇。他们是乡村执着的行走者，寂静无声，背负星辰、弯月或者烈日，从不停留。在分布散乱、简陋粗糙的乡村记忆里，他们又如夜夜飞过的萤火，闪烁微茫但却明亮的荧光。他们身后，是逐渐枝繁叶茂的简朴风光。”

把你父亲的绘画技艺，放到文化传统里来观察，我们就会立马感受到这种技艺的文化神经，牵连着我们博大悠久的文化身躯。他手底下描绘出的传统图案、纹样、神像，都牵连着我们上下五千年的文明履历，牵连着儒释道，牵连着诗词曲赋，牵连着戏曲、花儿、民俗、剪纸、皮影、木雕、砖雕、泥塑、刺绣这种种的民间文艺和技艺，牵连着农民“简单生活中的所有美好期盼”。他既在传播着原乡的文化因子，又在传播着远乡的文化因子。你温暾的母亲也是一样，她不但用剪纸转化着乡民内心深处的愿景，她也在用活在舌尖上的故事、传说、往昔记忆、方言甚至你们女人之间、母女之间的委曲私情、体己话，喂养着你的头脑和心性。尽管如你所写，“山里女人不知道庄子，也不知道李渔，她们缝制荷包，大多模仿身边事物，烟袋、苹果、小狗、银锁、荷包牡丹的花朵。当然，她们偶尔也缝制一些远方事物，譬如荷花、佛手和如意，她们的想象似乎总是囿于手口相传，很少有突破，不如庄子的想象那样有翅膀。”（《西风消息·荷包牡丹》）这些元素，有些是以直接或者显性的方式进入你的文本，有些则以间接或者隐性的方式，构成你的文气与文字氤氛，这种情形类似于丁香树花瓣和它芬芳的幽息，显性的元素酷似朵朵花瓣，用眼睛就可以辨出；而隐性的元素则酷似丁香的花香，眼睛如同盲人的扪摸。就是嗅觉如犬，有时候有意伸着嗅觉的官能去嗅闻，还常常闻不出一丝芳香。转过头，无意中吸来一股气息，反倒冲冲地香，好像谁把丁香味的香水瓶盖扭开，洒到衣襟上。

我特别注意到，你父亲作为画匠在乡村世界所受到的“最好的招待”和尊崇，这一现象昭示两个情况：一是乡人们对自己身边有学识、懂艺术的文化人、能人，有着朴素而真切的崇尚。它是所有文化滋生、发育、壮大的一个重要条件和根性土壤。虽然在表面上，这些大字不识也没多少专长的人群，并没有直接参与到文化的生产和创造之中，但借由他们众星拱月似的拱卫出的这么一股子顽劲绵长的文化风气，如你父亲一样的那些个乡土上的“士”，那些八仙过海各显神通的民间牛人，才有了闪转腾挪的场子，有了价值感和成就感。二是你父亲身上有一种特殊的精神魅力。这种魅力在我们共同欣赏的前辈作家王文泸先生的笔下，有过出色的呈现和慧眼独具的揭示。他在《远去的一双手》这个经典作品里，写到同样生于乡下而又不同乡下一般人的父亲，“力量和技巧兼备的一双手，为泥土一样平凡的父亲塑造出略微有别于平凡泥土的个人风格。譬如，与知识分子的白皙文弱的手相比，这双手的孔武有力分明在提醒你：它不靠文墨吃饭，它是靠力气吃饭。靠力气吃饭的人生比靠文墨吃饭的人生总是多几分踏实和安全；而与普通农民黝黑粗糙的双手相比，这双手所流泻的优美造型和思想符号却在表明：它所创造的生活与纯粹靠力气创造的生活内涵不尽相同。它与其他农民的手看着相似，其实乃是形似而神不似，不属于同一层次。/ 由于这样，这双手使得父亲在知识分子面前和普通农民面前有了双重的精神优势。我从小就能感觉到，无论是下乡干部还是父老乡亲，在与父亲说话时都多了一分尊敬，似乎他们面对的不是一个农民。”这种你父亲同样享有的“双重的精神优势”，无疑深刻地影响到你的心态、心气，你的气质，乃至你的文章的文气。

其实，我更乐意用“遗传”这个生物学上的概念来表示你的文气的渊源所自。尽管“土气”这个概念被今人在理解上偏向于一种轻微的价值判断上的否定倾向，我倒愿意把它扳到中性位置上，在价值判断上偏向肯定倾向，偏向它的原初意义（田土，土墙，土房子，土灶，土炕；年轻的外乡客昌耀有一句地域书写上的点穴式表述：“夜里，裸身的男子趴卧在炕头毡条被筒 / 让苦惯了的心薰醉在捧吸的烟草。”我甚至每到乡下，都会闻到农民衣服被褥上常年被土味道熏染过的特殊气息，还有落在他们头发、汗毛孔、衣服、头巾、粗斜纹黑布鞋上细细的干净的尘土，嵌进他们指甲缝里的一撮乡土），偏向农民对土地的情感认同，就如同牛粪在城市人眼里代表腌臜和低级，却在牧人那里代表纯洁和高级；就像“走狗”一词在 1949 年以后变成了贬义词，而在之前，它还是个正经的褒义词，扬州八怪郑板桥就刻过一枚闲章：“徐青藤门下走狗郑燮”。没错，你的行文里，到处散发着泥土新鲜而亲和的气息——“土气”。但同时你的文气里还散发着雅气，用老百姓的语言来置换“雅气”二字，那就是他们常说的“贵气”二字。基耶斯洛夫斯基拍过一部名叫《双面薇洛妮卡》的电影，你兼容“土气”和“贵气”，是双面李万华。

来自民间的方言、民歌（花儿）、夯歌、民间故事和传说、秦腔、地方戏曲以及那些花鸟虫鱼、树木、农村物事的各种指称，乡下节日或赶集里抖落纷纷的民俗规程和混杂在其间的各种物事，可以确切地说，你都得之于父老乡亲，得之于那片土地，得之于地理和文化双重意义上的河湟（也就是你将来要馈赠给大家的新作《三河间》）。你在《暗八仙》里这样写道，“父亲这样弓着身子，画过许多图案：王羲之爱鹅，赵颜求寿，李白骑鲤，五福拜寿。云纹、海水、凤凰、麒麟、梅兰竹菊、八骏。我坐在房顶看父亲，暗八仙便成了画中画。”你所谓的暗八仙，就是八仙们带在身边的八种法器：葫芦、扇子、渔鼓、宝剑、荷花、花篮、洞箫和玉板。它们频繁而不嫌雷同地出现在青海河湟民居的门头、前檐、照壁、廊心墙和隔扇门的装饰中，出现在殷实人家的砖雕上。它们和佛教里的八吉祥徽（八瑞相）或器物上的七政宝这些象征符号一样，教化广大地散逸、传播着乡村和民间的文化因子，而且网罗着、牵连着我们这个民族“文化空间”里的典籍文献、传说、戏曲、小说、雕刻、绘画、剪纸、说唱这些文化的物事和艺事。它们且不说已经是一种文化积淀，它们已然在心理层面上成为我们这个民族的集体无意识。它们何以反反复复地出现在大地的角角落落？因为它们涉及我们整个民族的心理诉求、渴望、欲念以及永恒的梦想。用汪曾祺先生的话说，八仙是我们这个劳苦的民族对于逍遥生活的一种缥缈的向往。……我每当看到陕北剪纸里的吕洞宾和铁拐李，总是很感动。陕北呀，多苦呀，然而他们向往着神仙。

汪曾祺先生当年在耶鲁和哈佛演讲，特别说到中国文学的语言问题，他举例说赵树理能在庙会上一个人唱一台戏，他的小说得益于民间戏曲和评书；李季的叙事诗受到陕北信天游的影响；孙犁的语言受到母亲和妻子的影响。他自己的一项绝活就是善于吸食民间表达（语言）的骨髓。他曾经在兰州听到一个“最美的祷告词”，后来写进文章里，以示他油然而生的欣悦和对民间语言无尽的好感：“今年来了，我是跟您要着哪，/明年来了，我是手里抱着哪，/咯咯嘎嘎地笑着哪！”这种来自民间的通透而富有生气的表达，是民间语言的一个特色，好像也是在书面的雅言之外，自生自长，一派野旺。在你生活的贫瘠山乡，一般人会觉得在那么一个偏僻乡野的所在，历史上也没有过什么私塾先生，周围看上去也没出过什么硕儒大贤，贫瘠的乡野似乎也会殃及那些生于斯长于斯的乡民们的精神生活。用现在流行的一句话讲：贫穷会限制人的想象。但这个貌似合理的判断，也会留下它的轻率失察之处。在乡间，在民间，在底层，历来都没有匮乏过寄生其间的人们在语言上绝妙无比的创造力。30 年前，一个年末微雪的一天，我在西宁大十字新华书店的特价专柜，淘到过一本影印自 1924 年的国内第一部集切口语之大成的词典《切口大词典》，那里面收录的词语，曾经都是社会百业、贩夫走卒、引车卖浆者流们舌尖上蹦蹦跳跳的词语，他们随意咳唾，舌灿莲花。像丝经业里的切口，“迷花”表示“笑”，“着水笑”表示“哭”，“脚高”表示“善”（多么细心的体会）；银楼业里的切口，“横云”表示“簪”，“压黛”表示“钗”（多么雅气含蓄的表述，这一定糅合进了肚子里有些墨水的先生们的创意），“偏提”表示“茶壶或酒壶”，“不离”表示“别针”；药行业里的切口，“凤凰衣”表示“鸡蛋壳”，“龙衣”表示“蛇壳”（也就是蛇蜕）；不开口相面行里的切口，“目听”表示“耳聋”（居然是一个利用通感原理创造的词语），“忘言”表示“哑巴”（拿崇高的修为来称谓，不但高级，而且直接就是一次巴赫金理论里的词语的“加冕”）；和尚们的切口，“穿篱花”表示“鸡”，“水梭花”表示“鱼”（可以由此窥测到持戒的僧侣通过如此的语言游戏，把属于荤腥的东西转化为植物化的命名之后，他就可以堂而皇之地开戒，而在语言层面上他仍旧没有破戒）……

这是多么殷实的、我们民族从古至今代代相传的精神上的珍馐果蔬、花蜜醍醐啊。如此这般的绝妙好辞，在河湟的乡土上，在大山的褶皱里，在花儿把式和民间能说会道的每一个人的舌尖上，在日常社会的随意交谈里，都会闪烁出如此富赡优质的民间词语的光芒。这是除了书卷之外，另一条更其浩浩汤汤的、永在流动着的语言的清澈浩大的河流。只是这般的滋养，经过你毫不经意同时又是年久日深的汲取，经过你思维的蛋白酶消化之后，人们就很难一眼瞧出那民间的语言河流对你影响的直接痕迹，如同我们品尝花蜜，有谁能一一品味出哪种出自椴树，哪种出自洋槐，哪种出自百里香，哪种出自米碎花，哪种出自丁香，哪种出自龙胆……食物经过酶的作用重新组合，变成新的组织、新的性质、新的状态，汉语里把这种情况称为“化”。不论是从前阅读到的书籍，还是从这里到那里、从民间摄取到的源源不断的养分，你都把它们化成了自己生命的骨骼、肌肉和精微的神经，化成了你的灵思妙笔。

总之，我把乡土上的艺人、能工巧匠视为用另一种介质的

"讲故事的人"，视为"传统的积极携带者"。还是本雅明先知先觉，1936 年的某一天，他发现"当有人提出谁给大家讲个故事的时候，满座面面相觑，一片尴尬"。他还写道："《费加罗报》的创始人维尔梅桑用一句名言概括出新闻报道的特性。他曾说：'对我的读者来说，拉丁区阁楼里生个火比在马德里爆发一场革命更重要。'这句话异常清楚地表明，公众最愿听的已不再是来自远方的消息，而是使人得以把握身边的事情的信息。"（《本雅明文选》）于是这位思想者发现了一项事实：我们可放心的财产被夺走了，"这东西、这财产就是交流经验的能力"。而你的父亲，最值得荣耀的资本，就是他的乡土经验，他在四处献艺时得到的各种乡土逸闻，他从家乡行走到远乡的纷繁阅历。他虽居于乡野，但不囿于乡井，他和你的爷爷一样，有着跨地域、跨文化的诸多切实经验，民间名之曰"见过世面"。限于我的有限的了解，我无从旁搜远绍你们家族作为山西人迁徙到青海的历史，无从窥见山西文化投射在你们血液里的文化元素，只能俟诸他人来烛照幽微。

于是乎，你的写作的道义，就是以生命和文学的双重名义去繁殖经验，复刻记忆。须知，你的这种农耕文明语境下慢节奏的书写，你的"乡村物语"，俨然收藏家手里收藏的孤品或稀罕物件。你是 70 后，在你之后出生的 80 后、90 后乃至 00 后作家，即便生长在乡下，已经不可能拥有像你一般完整、细致的乡村生活的全部经验了。原因简单而直观：原有的乡村和乡村物事、乡村情愫，都随着乡村日新月异的城镇化，而全部过渡到了新农村这一在社会进程中艰难重构、不断提质升级的崭新文化场域。即便有聪慧过人的后来者，也没有人能再次复制你那乡村世界有若“私塾”教育的氛围——你的老师就是自己身边的父母和家族里的老人。从某种程度上，你的“乡村物语”已成绝版，也是绝响。反向套用曾经流行于20世纪90年代的电视剧《篱笆·女人和狗》里的主题曲歌词，从今往后，星星不再是那颗星星，月亮也不再是那颗月亮，山也不再是那座山哟，梁也不再是那座梁，碾子不再是碾子，缸不再是缸哟……麻油灯呵不再吱吱地响，哪还能见到那么丁点亮……

你的书写，有一项重要的思维机制，除了必要的观察，你在行文当中特别注重采用记忆提供的资源。你已经把记忆当作文章这种织体的钩针。那么，何谓记忆？字典上有两项解释：第一，指记住或想起；第二，指保留在脑子里的过去事物的印象。我觉得两项解释加起来，不如黑格尔从德语的字根里对记忆的解释：记忆乃化为内心、返入内心之意。(《谈艺录》(增订本)补正)这记忆的性质，自然贴合着“古”的气息。它不单单是作为怀旧搁在文章里，它还有一种隐性的对抗时间的韧劲。面对时间义无反顾的流逝——从前乡村的一去不返，你执拗地按下了时光播放器上面的暂停键、慢进键和倒回键。

我乐见你文字里的“古风”“古气”，它们因为和过往的文学传统建立了那么深厚而自然的联系，而秉具了文学的根性，文学的积力，文学的定力。我刚刚网购到《对话中的巴赫金：访谈与笔谈》，就欣喜地发现巴赫金给了我一个非常硬核的理论支持：“倘若作品并没有在某种程度上汲取过去若干世界的东西，那它就不会在未来的世纪中生存下去。假如它完全诞生于当下

（即它的同时代），而不是过去的延续，与过去没有实质性的联系，那它也就不能在未来中生存下去。一切仅仅属于当下的东西都会与当下一同消亡。”就此而言，一架穿越时间和空间的祖传座钟，挂在你密密麻麻的文字中间，从《诗经》时代，一直敲打到这一刻，正在准备敲打到下一刻。敲着敲着，座钟和表盘连带敲打着的钟声都虚化于混沌，棉絮似的化入深微的 N 维空间。

你的第二个品相“灵气”，就是灵秀。这是同样属于文学的一种价值、一种特质和品格。

早在千年之前，刘勰在《文心雕龙》里就已经单独拎出来标举了，只是彦和先生的术语叫“隐秀”。他说：隐是“文外之重旨”，秀是“篇中之独拔”，“隐以复意为工，秀以卓绝为巧”。用我们现在的话讲，“隐”是意在言外的表达，因为表达机制的含蓄，好像更侧重于从接受美学的层面，仰仗读者的理解，青睐对繁复意思的揣摩和体会。而“秀”则是形象鲜明突出，意思新巧。形象鲜明，兑换成卡尔维诺的说法，就是追求语言的清晰化和可视化。在文学书写的历史里，钟嵘提出过“即目直寻”的方法。比他更早的庄子，更是把目光的直接到达事物，上升到形而上的层面。《庄子·田子方》里说，“仲尼曰：若夫人者，目击而道存矣，亦不可以容声矣。”视线所触而道自存。古印度因明学和佛学里也有一个概念叫“现量”（佛学里的“三量”之一，意思是就当前的境而量知之，日本译为直接知觉。还有两量是比量和圣教量或声量），也是强调对事物的直接反映。袁中道在《心律》里说："参禅有从现量入者，有从比量入者。从现量入者，其力强，故一得而不失。"形象越是具体可感，越是能够以视觉成像，就越是给人留下深刻印象，也就是袁中道所说的"一得而不失"。《易经》《焦氏易林》这类哲学著作，能一直流传，除了它们哲学思想上的博大精深以外，更得益于它们"玩象取意"的形象思维。我们民间的老百姓，表达事物更是在直观性上登峰造极。远的不说，就说活在我们青海人舌尖上的方言俗语。你知道，我们形容一个人兴奋、羞愧的表情，叫"脸红成铜罐者"（红铜罐子的成色）。形容一个人傲慢，叫"头背着脊梁里者"（违反身体构造，以夸张的言辞，说一个人把头转到了背后，其目中无人，如在眼前。我记得《围城》里写赵辛楣初次见方鸿渐，不但"傲兀地把他从头到脚看一下，好像鸿渐是页一览而尽的大字幼稚园读本"，而且更加傲慢起来的时候，连他的身形都不框入自己的视野，"赵辛楣躺在沙发里，含着烟斗，仰面问天花板上挂的电灯道：'方先生在什么地方做事呀？'"）。你写过青海柳湾彩陶里的鸮面罐，鸮是古代人对猫头鹰一类鸟的统称，青海人形容一个人惊讶或者专注的表情，就拿它来做比喻："眼睛绷成哼吼者"。"哼吼"，就是你笔下写到的长耳鸮用鼻音发出的哼吼之音。因为方言记音的差异，你把它记作"杏（héng）虎"。但我觉得这个记音，从音义两个方面都不太贴合长耳鸮的相貌或者它的习性。反而我觉得"杏核"（héng hú）的扁圆形，反而更接近猫头鹰那圆盘状的脸孔。眼睛一直绷着，就是说眼睛好半天圆睁着而不眨一下，学术称谓叫"瞬目反射"；形容一个人走路很快叫"脚巴骨里风响者"；

形容一个人因为害羞而低头的样子，叫“头勾着腔子里者”。不过这种姿态语言，也可以解读成一个人情绪低落时的样子。罗马尼亚雕塑家阿尔伯特·吉尔吉有一件著名的当代青铜雕塑作品《忧郁》：一位坐在长凳上的男子，肩背无力地倾斜，左肩还形成溜肩。光溜溜的脑袋耷拉在被掏空的胸部，双臂交叉，右手臂还软软地搭在左手臂上，耷拉在叉开的双腿之间。

你的灵秀之气，在气质上非常接近钱锺书《宋诗选注》里评介杨万里的那个“万象毕来”“生擒活捉”的诗歌“活法”：要恢复耳目观感的天真状态。古代作家言情写景的好句或者古人处在人生各种境地的有名轶事，都可以变成后世诗人看事物的有色眼镜，或者竟离间了他们和现实的亲密关系，支配了他们观察的角度，限制了他们感受的范围，使他们的作品“刻版”“落套”“公式化”。他们仿佛挂上了口罩去闻东西，戴了手套去摸东西。姜夔当年称赞杨万里，如若他穿越时空，见到了你的文字，他也会把那句“处处山川怕见君”的赞誉和赞语，颁发给你。不是我溢美，还真是事物怕落在你眼睛里，给你无微不至地刻画在散文里。比如，你夹带在散文里的创作谈，本属于论和说理的范畴，一般人写来，枯燥乏味得不像话，到你笔下，就跟女娲造人时给泥型吹送了气息，使它活起来似的。“我当初捉字，也属无心。捉来玩便是。你看一粒粒黑色的字，拿过去倒过来从不吭声，多一笔少一点也还是模样。这样说，似乎自己多么悠闲，甚或超然到一种境地。不然。只是后来渐渐有了意识，觉得捉来的字如若跟捉来的虫子放在一起，无趣得多。于是想着，我如果能驾字御风而行，能够游无穷，也给了这无辜的字以玉鸾和云旗。”（《金色河谷·最初》）你的这段文字里，还真藏了点玄机。这段文字里不但藏着庄子列子的灵动之思和飞动之举，还掖着《九歌》里的少司命（都冒着“古气”）。“云旗”就出自“乘回风兮载云旗”一语。你从这位主管儿童的女神身上，果然采到了一丝童真稚气，把搭配词语、组织文章完全当作了儿童的一场玩耍游戏。这还不算，你还要给文字配上尊贵又崇高的玉鸾，让它们“不翼而飞”。像风一样流动，像飞羽一样灵活，飞跃于大地之上。

再看看你对高原春天的描写：“过了三月三，太阳像瓦数逐渐增大的灯泡，一天比一天亮堂。高山之上的积雪终于不好意思继续覆盖，化成水，流下来。河里的水便大了，‘哗哗’的，在灌丛旁吵嚷，有了些气势。喜鹊在人家门前的青杨枝上没完没了地叫，仿佛和谁较上了劲。喜鹊原是叫着‘喜鹊喜鹊喳喳喳，你们家里来亲戚’，但是现在正月早过，土壤如同发了酵一般等着人们将种子埋下去，草芽们顶着大石头旋转，小虫们闷头闷脑地到处乱撞，一切都在急切地等待新世界，亲戚是不来了。”（《地耳菜》）这段表述里唯一有点瑕疵的表述，是这句“太阳像瓦数逐渐增大的灯泡”。从物理学上说，灯泡的瓦数总是带着额定的功率，你点 30W 的灯泡，它就发 30W 的亮。它不可能“瓦数逐渐增大”，除非你换上一只 60W 的灯泡，它就发 60W 的亮。其他对雪水融化、青草萌芽的描写，不单有程度描写、状态描写，还配合上音效。

（顺便在这里提醒一下你在哪篇文字里有过一个表述，说公雀的屎是弯曲的，这个表述得不确切，可以参照青海方言里的一句俗语：拥成公雀的屎者。公雀的屎粗直，晾干后硬邦邦的，以此表示一个人拿架子。我小时候见过我姨娘在窗台上撒食，引来麻雀，然后积攒它们的粪便，以备美容之用。）

其实，这里面最活气的性质和风格，得之于儿童思维和诗人的移情。钱锺书在考论《诗经》的时候，有一个中国文论特色的术语叫“尔汝群物”——在自觉选用和创造中国话语框架、中国概念、中国术语以匹配中国语境这一点上，钱锺书是最具有代表性的一位中国现代学者。尔汝是文言词汇里对第二人称你或你们的称谓，群物则是指人类之外的植物动物以及山川等非人的存在。当一个人感情充沛，至情洋溢的时候，就会把花草树木禽兽之类的事物，看成与自己的同胞一样，称呼为你或者你们。他还在另一个地方，在他留学牛津大学时写下论文《中国固有的文学批评的一个特点》。他在论文里用一个比喻来活脱脱地演示“尔汝群物”或西方术语里所谓的移情作用：“对于世界的认识，不过是一种比喻的、象征的、像煞有介事的、诗意的认识。用一个粗浅的比喻，好像小孩子要看镜子的光明，却在光明里发现了自己。人类最初把自己沁透了世界，把心钻进了物，建设了范畴概念；这许多概念慢慢地变硬变定，失掉本来的人性，仿佛鱼化了石。到自然科学发达，思想家把初民的认识方法翻了过来，把物来统治心，把鱼化石的科学概念来压塞养鱼的活水。”你不光是把心钻进了物，你还把思想家翻过来的初民的认识方法，重新返回到初民的原始思维当中。所以，在你的表述里，积雪有了不好意思的情感，河水会吵嚷，喜鹊会较劲，土壤会等待，草芽们会顶着大石头旋转，小虫们会产生闷头闷脑地到处乱撞的举动。自然界的这些非人的存在，被你灌注进人类的情感、意志还有行动。这样的文字，怎能不灵转，不新巧呢。

你的文字里以“卓绝为巧”的新鲜比喻，简直像是珠宝店里的陈设。《金色河谷 · 拾到的风景》:“蚕豆也在开花。蚕豆花像一只只牛眼睛，大而黑白分明，没有眼睑，一直睁着。远远看去，蚕豆田里像卧了无数的牛，只看见黑白的眼睛。”《金色河谷 · 刚察》:“哨儿风扑过来，带着雪粒和冰碴，打着尖厉的呼哨，钻进每一个微小的缝隙，在那里成为小丑，逃窜。”你习惯把一些长句子切碎，以减慢语速，舒缓语气，同时分解动作或细节，目的好像是引着读者的注意力在那里多逗留一会儿，多咂摸咂摸，留神那些容易一下子就会晃过的词义和形象。在这篇文章的另一处，你再度使用逗号，切分意义和文脉:“人们低下身子，俯在水泥大坝的铁栏杆上，观看，有些人举起相机来，对着哗哗流水，游人模样。”《西风消息 · 惊蛰》里，以“尔汝群物”法写出拟人化的物态，有几处特精彩:“今日早起，见得天地罩着寒烟，薄云扯成灰白一片，远处没有山峰逶迤的影子，仿佛冬天刚刚醒来，打着霜花四溅的哈欠。”因为受到戏剧的影响，你会把戏曲的元素嫁接到比喻里，比如《西风消息 · 行到碧桃花下看》:“地面上的雾，尤其是这春天的地面上的雾，与山头的浓雾明显不同。前者是低吟，是慢捻，是舞台上扬起的水袖，而后者，是汹涌，是套曲，是秦腔里的铜锤花脸，是一束束的泡桐花。”这一串博喻，个个崭新，个个令人新奇。又因为你的耽爱音乐，你也常常把聆乐的经验挪移到比喻里。比如天空里被我们司空见惯的那些相互厮磨的云朵，和地上花朵的落下，谁会跟音乐里的歌曲联系到一起？但，你就会。《西风消息·花开》：“不过在这个季节，当我看到草木从土壤探出头，天空的一朵云与另一朵云相碰，栀子花开，一朵海棠落下……我倒想想它们是安德烈·波切利的歌声。”

你的这些造句和比喻，从来不使用现成的、旧有的表达，用旧的比喻、用旧的造句，就像火柴盒擦皮被火柴头擦秃了，就擦不出火了。你是时时更新你的语言的擦皮，以保证随时随地的闪念都能擦出闪亮的火花，匪夷所思的火花，而不是仅仅擦出一股火柴头上的硫烟。

须知，你的“灵秀之气”，你的巧思，都不是推敲出来的，不是刻意的思索所致，而是你的妙手偶得，是你在书写过程中，如同清泉一样控制不住地由里向外冒出来的，或者像有些带着神秘主义创作观念的作家屡屡发出的这般感慨：若有神助。而这也正是刘勰所评点的“秀”之魅力最硬核的地方——“思合而自逢”。这个情形特别符合维科在《新科学》里的一个表述：“人们起初只感触而不感觉，接着用一种迷惑而激动的精神去感觉，最后才以一颗清醒的心灵去反思。”“这条公理就是诗性语句的原则，诗性语句是凭情欲和恩爱的感触来造成的，至于哲学的语句却不同，是凭思索和推理来造成的，哲学语句愈升向共相，就愈接近真理；而诗性语句却愈掌握殊相（个别具体事物），就愈确凿可凭。”而且他还说，儿童们的记忆力最强，所以想象力特别生动。联想到你新鲜的比喻和表达，当可断定你是一位不曾丢失童心的作家。顽皮，这个孩童身上最具活力的东西，如果在以往更多地体现在你的外在的行动和游戏当中，那么，今天，当你以成人的身份难以在行为上体现当年的顽皮，你就会把那积蓄着的能量，酣畅淋漓地转换到文学书写上。好像在你的世界里，不但有着质量守恒定律，还有着精神或者心能的质量守恒定律。从这个意义上说，你已然是女版的彼得·潘。

2020 年 5 月 5 日　星期二　　卯时

今天说说你文字的“怪气”。

在孔子的言说戒律里，有一条叫“子不语怪力乱神”。在历史上，不听圣人之言而创造书写奇异胜境的，晋唐时有志怪小说，有唐人式的“古木青灯啸山鬼”“鬼灯如漆点松花”的幽魅奇诡。到了宋人辑录的《太平广记》之类，神神怪怪好像遇上了一场文学魔怪的嘉年华。到了清代，蒲松龄又在他的聊斋里放出一些狐怪鬼妖。当代文学，残雪一路带着楚巫般的诡异口吻，书写着中国版的《变形记》。莫言也不示弱，在小说里总是怪里怪气地眯缝着小眼瞅视高密的世态人情。总的看下来，给人的印象是：我们的怪气似乎喜欢从擅长虚构的小说家身上冒出来。发酵这种怪气的酵母菌偏爱世俗这个广大无比的温床。我想进一步说，怪气在现象发生学上，更多地来自偏僻乡村的世俗世界，来自那里幽暗的山坳旮旯、幽秘的森林和无法探视的水下世界、深井和洞窟，来自伸手不见五指的夜晚和怪风呼叫、惊悚雷电闪烁的地方……一句话，鬼怪或者怪异的事物是广阔乡村世界的构成。你的文字的怪气，必须放到这个文化和生存的背景上去认知和分析。（噢，差点忘了，成都的诗人钟鸣 1995 年出版过一本随笔集《畜界　人界》，这可是一本当代文学里怪异至极的作品，一本昭示着南方诗人语言气候的一本随笔，一本如另一位成都诗人柏桦品鉴的“恢复汉语血色素的前景”的作品。这也是上次雅集时我向你推荐的一本书。）

先回到起点，看看什么叫作“怪”。台湾作家张大春在《认得几个字》里这样解释“怪”字：有一种说法是“以手制土”，由于不论种植百谷、建筑宫室，都会改变土地的原状，“成物之后，与土地原貌相较，颇见其异”。他不太服气这个迂曲的说法，他自己的会意是：发掘埋藏之物。无论想挖掘的东西是什么，那无知的好奇状态都会因挖掘的结果而改变。于是，怪就成了表示“好奇心情的变化”这个意思，又延伸出“事物变化其形”的意思。总而言之，怪是一种超出正常状态、常规经验的主观体验，它的构成里，有原始的恐惧与战栗，有迷信的玄思，有对超然力量的虔敬与膜拜，有对生命的混杂形式充满热切信仰的激情与惊奇，有童稚式的移情和秘密游戏的奇思怪想。它的机制是把某些事物的状态和情态放大、变形、陌生化，把非现实的存在，臆造成或者怪异骇怖或者奇谲怪异、变幻莫测的东西。

你在《西风消息》里，透露出来的怪气最多。我首先从你的这段文字里，揣摩出你的怪气的一个来源，是跟山乡里源自原始宗教和巫术的民间俗信，甚至一些带着迷信成分的信仰或崇拜密不可分。如果跟我前面讨论过的话题联系起来，你的怪气里融合着古气。要不怎么说古怪呢。在我们的语言习惯里，古和怪好像是性质相同的金属碎屑，一遇到磁力，就往一块儿吸。“在山里，熏香已经成为一种仪式，用柏枝燃烧出的烟来洁净自身，也用来洁净神灵。神灵似乎总是存在，哪怕门前一个土坡，房后一处水洼，人们因此不会轻易在大地上挖掘。”（《西风消息》）“似乎”一词表达出村民们遍在的一种精神状态，即处在半信半疑、将信将疑、亦真亦幻、清醒和昏昧、理性和非理性在经验上不断冲突着的状态。就是在如此这般的精神现实里，人们源源不断地创造出他们怪气的表达和怪气的体验。

说来也怪，人们在词语上通常也将妖魔鬼怪串联到一块儿。这些超自然的精灵，非但长相怪异，行为诡异，它们还各具奇妙的法术，这就给人的心理体验留下既好奇羡慕又害怕躲避的矛盾心理。我在你的怪气里，见出一种具有标识意义的书写和表达。这就是你在文字里习以为常地把猫这种猫科动物，引到文字的场域里——比如，你在《丙申年》一文里写到白马寺，特意还写到一只黑猫：“黑猫高冷，时常卧在僧人的土炕上，有牛奶吃。”而且，你也多次把自己和猫联系在一起。“一次与友人在网上说话。我说我总感觉自己的前世是只猫。友人说：猫转而为人，是作孽，人转而为猫，是造化。”你还在发给我的微信里，再次强化着你的这一怪气的体验和思维：“我自己开玩笑说上辈子是猫，其实，有一点很像猫的地方是‘好奇心害死猫’（家人总结），总是一会儿对这个感兴趣，一会儿对那个感兴趣，一感兴趣，就想‘研究’一番，结果总是泛泛了解，做不到精而专。”

英年早逝的文艺评论家胡河清曾经以蛇精格非、灵龟苏童、神猴余华品藻小说家，贾平凹在评价汪曾祺时说过，汪（曾祺）是一文狐，修炼成老精。我套用一下，添加一只文猫李万华，凑成五精——不是医书上说的心、肺、肝、脾、肾这五脏所藏的精气。从数字象征符号里，五代表着整体和完满，代表爱与美，还有丰收女神阿佛洛狄特也和五有着神秘的关联。

在解读你的怪气里所蕴藏着的特异气质——文猫气质之前，我想借机抖搂一下我秘藏的所罗门魔毯上那些有关猫的零碎，以期求得“不相关地相关着”（木心语）的思维效应。

我猜你可能没看过清代的黄汉写的一本《猫苑》、王初桐写的《猫乘》。这是我的朋友“江源石”三年前慷慨馈赠给我的一套浙江人民美术出版社出版的“艺文丛刊”里收录的一册薄书。《猫苑》之所以能够成书，是因为“猫于故书不多见，或散见于子史群籍而未有专书”，黄氏乃博采兼收，条分缕析，凡关猫之种类、形相、毛色、灵异、名物、故事、品藻，巨细兼载，足以补前人之缺漏，而亦以小见大，存讥世利物之心于其间。而王氏之书，分字说、名号、呼唤、孕育、形体、事、畜养等，头绪纷繁，内容博杂。“物之灵蠢不一，灵者异而蠢者庸，于此可以见天禀也。若猫于群兽，其灵诚有独异，盖虽鲜乾坤全德之美，亦具阴阳偏胜之气，是故为国祀所不废，而于世用有攸裨也。”

略举几例黄著里的记载，分享一下猫的灵异。

“猫鼻端常冷，惟夏至一日暖，盖阴类也。”（《酉阳杂俎》）

“猫洗面过耳，主有宾客至。”（《酉阳杂俎》）

“马鞭坚韧，以击猫，则随手折裂。”（《范蜀公记事》）

“杭州城东真如寺，弘治间有僧曰景福，畜一猫，日久驯熟，每出诵经，则以锁匙付之于猫，回时，击门呼其猫，猫辄含匙出洞。若他人击门无声，或声非其僧，猫终不应之。此亦足异也。”(《七修类稿》)

“平阳县灵鹫寺僧妙智畜一猫，每遇讲经，辄于座下伏听。一日猫死。僧为瘗之，忽生莲花。众发之，花自猫口中出。”(《瓯江逸志》)

…………

王氏说到的国祀，当是得之于以记载古代典章制度名世的《礼记》，在这本书的《郊特牲》篇里，有这么一句记载：迎猫，为其食田鼠也。一个“迎”字，尽显彼时之人恭敬诚挚的意态样貌。

《流沙河认字》里说：“狸猫类多具有掩盖粪便的习性，川人叫‘猫盖屎’。所以刨土掩盖曰埋，音义源于古体的狸猫字。”我还见到辞典里的一节小注：“陆佃曰：鼠善害苗，而猫能捕鼠，故字从苗……说文无猫字，徐铉新附有之。”

也是三年前，陈凯歌拍摄出电影《妖猫传》，至少用光影的方式描画出大唐帝国奇艳诡异的面相。我省藏族诗人洛嘉才让，以“鹿人”的笔名，拍摄了不少有趣的照片，我最感兴趣的是，他近来老是借用一只叫作“洛奇”的玩具猫的视角，闯入城市、乡村、牧区的某些生活场合（我觉得它正确的名字应该是《快乐酷宝》中的凯特猫）。不管叫洛奇还是凯特，它们都是猫。鹿人的创意在于，让这只玩具猫既充当摄影的模特，又充当一个四处游走、窥探人类的角色（蓦然惊觉，它不正是一架幻化成灵猫的探头)。现在，凡是安装了防盗门的居民，都会借一只“猫眼”来提防、戒备、猜忌、犹疑站在门外的访客。我猛然间想起你在《丙申年》里写过的一段话，里面就有一丝“猫眼”的犹疑和猜忌:“坚持有时带一定的盲目性，比如在暗夜迎一缕光前行，你不知道那缕光是来自良善之人的茅舍，还是来自蒸人肉包子的黑店。”

真正把写猫、掌握猫之典故上升到猫文化高度的，不是别人，正是博学和雅兴俱佳的钱锺书。他年轻的时候，写过名气不小的短篇小说《猫》(后来收入小说集《人·兽·鬼》)。在迟暮之年，他在安枕之作《管锥编》里，多处记下有关猫的有趣札记。在用力最劬的《太平广记》的读书札记里，钱锺书记载下过去中国人以猫观时的情形:“猫目睛旦暮圆，及午竖，敛如綖。”按陆佃《埤雅》卷四:“猫眼早暮则圆，日渐午狭长，正午则如一线尔。”托名苏轼《物类相感志·禽鱼》门有《猫儿眼知时歌》:“子午线，卯酉圆，寅申巳亥银杏样，辰戌丑未侧如钱。”《琅嬛记》卷下引《志奇》至谓掘得猫尸，“身已化，唯得二睛，坚滑如珠，中间一道白，横搭转侧分明，验十二时不误”。故波德莱尔散文诗有曰:“中国人观猫眼以知时刻。”严元照《柯家山馆遗诗》卷四《咏猫》之五“我欲试君洗面，今朝有客来无”，正指《杂俎》所引“俗言”，忆德国亦有谚，称猫自舐须乃人客过访之兆。俞樾《春在堂随笔》卷九论“猫儿眼知时”云:“王梦薇捉猫验之。谓：同一午时而晴雨异，同在一日而又以地之明暗异；昔人定时之歌，特以昼所见而推之所夜，实未尝细验之也。”张德彝《八述奇》光绪二十八年九月十四日记:“天下各国风土人情有迥异者，有相同者，有迹同而义异者。如中国江海船上有鼠方得兴旺，是目鼠如财神。西国虽不信谶纬，而大小各船亦必有鼠方敢远驶，不则虑遭沉裂，是又目鼠如福神矣。”此又英谚“鼠不恋破舟”之别解也。

拿猫来看时间的典故，在西方传教士那里也得到了猎奇式的书写。他们到中国后，发现一种独特的时间计时法——猫钟。在古伯察的《中华帝国》里，记载几个传教士在农庄访问教民时，问路上碰到的一个小伙子是不是已到中午时间了，小伙子抬头看看太阳，但厚厚的云层遮住了它。“天阴得太厉害了”，他说，“不过，请稍等”。随后他从村子里抱来一只猫，扒开猫的眼皮看猫的眼睛。“看，还不到中午呢”！村民们的经验是：猫的瞳孔随着中午 12 点的靠近而迅速变细，当缩成一条像头发一样的细线，并垂直穿过眼睛时，便是中午 12 点，此后瞳孔便开始扩大。（见英国汉学家约·罗伯茨编著的《19 世纪西方人眼中的中国》）

钱锺书 24 岁时写过一首五言律诗《当步出厦门行》：“天上何所见，为君试一陈。云深难觅处，河浅亦迷津。鸡犬仙同举，真灵位久沦。广寒居不易，都愿降红尘。”我最初读到“鸡犬仙同举”时，并不知道里面还藏着一段典故。后来读《管锥编》，密码立马破解。仍然是在《太平广记》的札记里——《刘安》（出《神仙传》）：“余药器置在中庭，鸡犬舐啄之，尽得升天。”按卷五一《宜君王老》（出《续仙传》）：“居舍草树，全家人物鸡犬一时飞去，……唯猫弃而未去……”元好问《游天坛杂诗》之五：“同向燕家舐丹鼎，不随鸡犬上青云”，自注：“仙猫洞。土人传燕家鸡犬升天，猫独不去。”俗谚“猫认屋，狗认人”，正道此况。观察畜兽者尝谓猫恋地胜于恋人，狗则不尔；一文家嘲主翁好客，戚友贲来，譬如猫之习其屋非好其人。猫居洞而不入云，盖以诞语示实情耳。

原来，猫的品性里还有一段不羡仙乡天界的骨气。网络上有一句过了气的网络用语，是用来诘猫和像猫一样的某种人——“你咋不上天呢？”这两种价值判断完全相反的猫喻，正是钱锺书在修辞上的一个创意发现，他命名为“一喻之两柄”。可是，在你笔下，你也有过一次失手——一次对猫的误解和伤害：“猫最懂得优雅，这胜过惯常女子，它的肢体动作少而又少，力度常常在一朵花承受清风之上，独来独往，孤绝之外，大眼睛还藏些不解与无辜。如此，我总以为猫的梦如果不是超凡脱俗，起码也要文艺一些，或者魏晋一些也有可能，没想到它们还是坠落世间，做着捕鼠为生的行当。”这一回你该清楚了，优雅的猫不是自甘“堕落”，而是它不屑于和鸡犬们高升仙界。它是隐身于大地的“士”，因为易形和换上了一身毛料便装，我们已经看不出它的真身，看不出这位从来不亮王笏的平民，其实有着高贵的血统。孔子曰：人不知而不愠。猫的道行还真深厚得须仰视得见。

你的怪气里，有着某些近乎偏执的写作习惯或曰思维习惯。“三月，小镇外，我看到那么多的土地被荒芜。‘被’字我不大喜欢用，这大约受了董桥的影响：‘形容不太好的事情，不妨用“被”，叙述好事避之则吉’，‘女鬼被裸埋，小红被门槛绊倒，韩信被人骗走，都不错；黛玉被宝玉追求，纪晓岚的书被人传诵，都不好’。”（《西风消息》）你在你的音乐札记《人归暮雪时》里写道：“感动，是，我从未轻易说出这个词，我甚至在我的写作中拒绝这个词，也拒绝感叹号。”

这样的写作怪癖，使读者在你的笔下文章中难以见到咋咋呼呼、状若一坨生铁或倒置的保龄球一般的感叹号。你“无师自通”的文本美感癖好，绝不容许它扰攘了文句段落朴实自然优雅的氛围。你拿捏表达的分寸感、你的文思的控制力，就像汪曾祺名篇《庙与僧》里对一块挂在梁上的咸肉的一句描摹：“一颗琥珀色油珠正凝在末端，要滴不滴的。”这“要滴不滴的”意态，不是人人能够体会和道出的。你文字的精微之处，正在于凝，在于圆润，在于悬置着的不说破。文字高手，懂得运用禅法，适时适机，把嘴挂到墙上。

你的怪气让你产生一种既自然又兼具强迫倾向的书写追求或写作原则：不说毫无趣味和没有调性的话语；不重复陈词滥调（忠实维护文章大家韩愈的写作信条：惟陈言之务去）；避免使用散乱随意的材料（这一条是本雅明的写作原则，完全与你的书写操守匹配）；使你的笔游离于灵感之外，过后灵感就会以磁力吸附于笔端。你越是小心谨慎地耽搁写下每一个想法，这个想法就会发展得越成熟。言语征服思想，但写作指挥着思想（这一条仍是本雅明的写作原则，也同样与你的思维匹配）；像唐人一样推敲词语，但不把捉来的字词玩死，让它们随时随地保持跑动、撒欢的天性。偶尔装死，过后比先前还要活；绝不让情感的阀门滑丝，杜绝滥情和煽情；一定要谨守想象的操守，如同放飞风筝，要想让它飞得高远，自己就要在线轮上备好足够宽裕的结实线绳。而且最管用的要领就是扽紧线绳。

有了这些写作戒律，你的书写和表达质量就保持在一个稳定而别致的水平线上。

比如，你常用想象创造奇异的语境：“走过去，我想象在这汽车隆隆、脚步纷沓的街头，三只大藏獒突然挣脱绳索，夺路，披着它们王者一样的鬃毛，向着想要去的地方奔跑。而它们身后，高草从水泥的大街上长出来，楼层变成树木，路灯成为浆果，行人蹦跶着，是小小的蝈蝈。”（《西风消息》）最后的表述简直是把想象转化成了语言的魔术，既改变原有的性状和样貌，还要突然加进微观形象和变形。这里面就带出点动画片式的童趣和娱乐，带着天真感的幽默。我在另一处见到你利用比喻制造的诡谲：“我们倒是见到一种黑色的小毛虫，像一截高士丢失的眉毛，盘在岩石上，一动不动。”（《西风消息》）衡量高质量比喻有一个标准，就是看本体和喻体之间的关联距离是远是近。太近，人人都能轻易想见，审美价值就低。反之，离得距离越远，就越能给人带来从未有过的新鲜体验，产生崭新的联系，审美价值就高。你这个比喻，谁能把一个黑色的毛虫和人的眉毛联系起来呢？你还更进一步，不是把所有人的黑眉与毛虫关联，你是限定概念和想象的范畴，把关联度锁定到人群里为数极少的一类人——高士身上。这就不但把毛虫原本给人带来的硌硬和害怕消减到最低程度，而且经过形象的雅化，既让人轻轻地发笑，又勾起人们一丝微型的悬疑。

在这里，我要特别强调一下，你的奇异怪气，还有着俏皮、幽默的成分，那是你灵慧敏锐的性情里带来的。或许受到书籍、家庭氛围、周围某几个富有情趣的人的影响（比如你的父母，你风趣幽默的夫君或者你的女儿），愈发从你的精神世界里像花朵播放幽香似的，由内向外洋溢，弥漫。你今年刚刚发表在《青海湖》文学杂志头期上的新作《河乌与戴菊》，我读到其中有一篇《纵纹腹小鸮》的文字："很遗憾，猫头鹰既不是猫科也不是鹰科，它另立门户，仿佛在取笑那个给它拿捏名称的人不过是个词穷的傻帽。然而它还是要离我而去。它起身，蹬起穿着毛裤的腿，翅膀一伸，起伏着，向坡下飞去。"就是这句"蹬起穿着毛裤的腿"，一下子把我逗笑了。这该是童话里、动画片里、儿童游戏里才有的俏皮与活泼，是把动物的形象动作特征与孩童的语言心理经验接通起来的表述，也就是把动物的行为心理统统转化成人才有的动作和心理。这样的表述背后，是你童心不泯、痴气不改的禀赋，是它赋予了你观察、体验世界的独特方式。

正是这些成分的融合和融洽，你的文字又衍生出一种在我们这个时代、在当下，几乎在所有人那里颇具好感且有巨大瘾头的审美偏好——轻盈之美。这个历久弥新的审美价值观，似乎在这个时代又一次迎来它"高光时刻"。相比之前的那些繁盛的时代，今天的网络时代所带给人们的共时性经验，是以往的任何时代都无法比拟的。再加上人类在物质和文化上所累积起来的双重财富和全球化资源，决定了现在的人们可以更加裕如和更加自由自在地享受生活，倾慕、体验和不断消费来自生活、来自精神、来自艺术里的那些克服了沉重、烦琐、僵硬的东西之后，萃取出来的轻盈之美。在这一点上，卡尔维诺简直就是一个摇身一变的预言大师（拼音输入法的联想功能里，“预言大师”和“语言大师”是一起跳到语音输入法词库里的，好像它俩天生是一对孪生兄弟），他在《未来千年文学备忘录》里，第一课演讲，拎到桌面上，又准备击鼓传花似的传给新千年的一项文学价值——我乐意于把它视为一枚 4C 级别的大克拉文学钻石——就是轻逸。鉴于你曾经经历过贫瘠生活，经历过“琐碎贫贱的真实”，又在遭逢缠身的疾病，你会自觉不自觉地形成一种心理的内驱力，朝向轻盈的事物。作为克服正在目击、身经、心验的难受和遍在的荒诞，你把轻盈（轻逸）的品性和对其价值感的再造，既作为你精神战争的战利品，又作为对你全部生活的报偿。你以此犒劳自己，同时也以自己所得的无上欢悦，蜜炼成文字，蜜炼成一本本书籍，馈赠给世界和他人。因此之故，你倾听《广陵散》、倾听《安魂曲》《最后四首歌》这类音乐的感受，我猜会偏向忧郁性的体验，这跟我们古人聆听音乐的审美取向是一脉相承的，“奏乐以生悲为善音，听乐以能悲为知音，汉魏六朝，风尚如斯。”（钱锺书《管锥编》语）卡尔维诺还说：“忧郁是添加了轻松感的悲哀，幽默则是失去了实体重量感的喜剧。”西方人，每年的维也纳新年音乐会，保留曲目里年年演奏小约翰·施特劳斯的《蓝色多瑙河》圆舞曲（作品第 414 号），老约翰·施特劳斯的《拉德斯基进行曲》（作品第 228 号），都是以欢快和愉悦的“喜音”为主菜，在辞旧迎新之际，他们也会像中国人一样，以音乐的名义讨一回口彩，喜气洋洋地把人们带入新年。实际上，从人类文化学的角度来看，他们骨子里也会“奏乐以生悲为善音，听乐以能悲为知音”，那些伟大的作曲家最重量级的作品，大多属于悲音。

以上权当插话，权当剧场休息，权当我们的地方戏演出间歇松泛气氛的“打搅儿”。现在重新回到话题。

再比如，用梦境创造奇异幻美的语境，是你制造怪气的另一项语言技术和思维机制。在《西风消息》里有一篇《象牙梯》，单看标题，就有些奇异，进入文字，是一个声色兼具的梦境：“这一次，我所熟悉的梯子，并没搭在屋檐或者墙壁，而是搭在山尖上。那是多高的梯子，我家乡，最矮的山，也该在两千多米吧。我是怎样爬到梯子顶端的，已经忘记，或者本没有忘记，梦不过就是从我站在梯子顶端，也便是山尖开始而已。白天过去，夜晚的梦纷纷扬扬，但都是片段，后现代一般，属于先锋。我努力低头，朝山的另一面望去。那般空廓，除了我小小的女儿，山那边再无一物。空廓又是那般浩大，茫无涯际，而且不断涌出，咕嘟有声，这使山底的小女孩，小到我伸出一只手就可以将她捧起，捧起一朵静谧的睡莲那样。那种空廓没有色彩，只是混浊的透明。混浊而透明，多么矛盾，然而空廓就那样弥漫着。山是灰黑的，因为有青色岩石裸露，灰黑显得斑驳破旧。倒是那奶白的梯子，富有瓷器色泽，又有骨质密度，摸上去温润细腻，有人似乎在梦境中告诉我说，这是象牙梯。”

这段梦境，既有古典的意趣，也有民间的意趣，还有你夫子自道的后现代意趣，它们混杂着多样的意象和情调，混杂着天和地构成的驳杂空间，广大辽远的崇高感里（空廓的山地），又不失优雅地糅进优美的感觉（瓷器色泽、骨质密度加上通感式触觉的温润细腻），这就是你的文字的风神格调。

曾国藩从自己的读书经验里考察过中国古典文学里的怪异之趣:“凡诗文趣味约有二种:一曰诙诡之趣,一曰闲适之趣。诙诡之趣,惟庄柳之文,苏黄之诗,韩公诗文,皆极诙诡,此外实不多见。闲适之趣,文惟柳子厚游记近之,诗则韦孟白傅均极闲适;而余所好者,尤在陶之五古、杜之五律、陆之七绝,以为人生具此高淡襟怀,虽南面王不以易其乐也。”(《曾国藩教子书》)你在阅读杂书的时候,无疑读到过曾老先生开具的书目,游览过他指点的路径。虽然取径不同,赏会之处,少不了同频共振。

阅读确实可以改变人的某些气质,就像你喜欢怪里怪气的李渔,喜欢更为古怪的庄子。但这些外在的影响,在它们作为一种管用的唤醒方式时,你的禀赋里的那一部分蛰伏的经验,才会一个个精灵似的弃暗投明,从你敲击的键盘上,一个个蹦出来,在词语的密林中一忽儿刷刷自己的存在感,一忽儿藏匿遁形于想象力的翅膀下,一忽儿诡秘地装扮自己,一忽儿又来有影去无踪地戏游一通……你不是常常念持一句“好奇害死猫”的咒语,就是这好奇的文猫心理,促使你去诗性地探知一切不明白的事情,不明白的现象。审美的认知学跟哲学的认知截然相反,文学是“揣着明白装糊涂”,哲学是“揣着明白不装糊涂”。维科在《新科学》里有一段诗性的表述:“好奇心是人生而就有的特性,它是蒙昧无知的女儿和知识的母亲。当惊奇唤醒我们的心灵时,好奇心总会有这样的习惯,每逢见到自然界有某种反常现象时,例如一颗彗星,一个太阳幻相,一颗正午的星光,就立刻要追问它意味着什么。”作为文学家,你不关心自己的表达是否符合标准的答案，也不刻意地去关心正确与否，你只兴趣盎然地捉字来玩。这并非意味着审美意义上的书写就可以胡扯八想，就可以偏离真实性和理性的轨道去妄言去诞说。正如钱锺书所言：“即使在满纸荒唐言的神怪故事里，真实事物感也是很需要的成分；‘虚幻的花园里有真实的癞蛤蟆’，虚幻的癞蛤蟆处在真实的花园里，相反相成，才添趣味。绝对唯心论也得假设客体的‘非我’，使主体的‘我’遭遇抗拒而激发创造力，也得承认客观‘必然性’，使主动性‘自由’具有意义和价值。”所以，我这样理解妖言怪语的本质：它其实是戴着面具的真实、真相甚至真理，或者说，它就是在真实、真相、真理的门庭里戴着各种精怪的面具在表演。为此，它是智慧的假寐，懵懂的佯装。你不是说过吗，“想象一件事物，过多思索往往趣味顿失，不好玩，不如蓦然撞见之后脱口而出的话有意思”。你这是有意赶着理性返祖，从认知习得的所谓高维度空间滑下来，赤着脚走在非理性的地面上。“常记溪亭日暮，沉醉不知归路。兴尽晚回舟，误入藕花深处。争渡，争渡，惊起一滩鸥鹭。”李清照的这首《如梦令》，简直就是对你的书写趣向的文学化描述。

我这会儿才恍然明白你为何喜用“捉”字来说你的写作，这不正是猫的招牌动作吗？“猫捉老鼠”，我们不是一直就这么表述着吗？“藏猫猫”不是我们童年里常常玩耍的游戏吗？

猫身上的灵巧和轻盈，全都吸附在你的文字里。你一定观察到了一只猫弓身、俯视、纵身一跃，在空中轻巧地翻身旋转，而后平稳地用脚着地的情形，它的这种奇特的动作还被科学家称为“猫旋”。《管锥编》里也谈论到人们用“猫旋”来论文：英国哲学家洛克戏作《叫春猫》诗，即称其虽坠自墙头屋顶，却不失足，掉尾迳行，扬扬如也；法国文家高谛叶自夸信手放笔，无俟加点，而字妥句适，有如掷猫于空中，其下坠无不四爪着地者。你看到这种表述，一定会会心一笑：我自己不也是这么玩过来着。

猫的轻盈走步，早已被时装模特模仿来作为他们表演时使用的标志性动作——猫步（行走时左右脚轮番踩到两脚间中线的位置，身体就会晃出一种摇曳多姿的性感）。我这里感兴趣的不是猫步，而是它身体里藏着的轻盈之美。写昌耀诗学札记的时候，我分析过他笔下写过的雪豹。从这个大型的猫科动物身上，可以仿佛得见猫的轻盈之美。他的《山旅》里有一节诗如此写道：“高山的雪豹长嚎着／在深谷里出动了。／冷雾中飘忽着它磷质的灯。／那灵巧的身子有如软缎，／只轻轻一抖，便跃抵河中漂浮的冰排，／而后攀上对岸铜绿斑驳的绝壁。”昌耀写雪豹的声音，写它栖息之处的幽僻，最妙之处是写豹子的目光和它动作的轻盈敏捷。冷雾既是气象的交代，更是幽悄氛围的营造。“磷质的灯”完全是昌耀自创的新语。从前所谓的灯，是焚烧油膏以取光明，这里拿“磷质”来作为限定词，一方面是精准地摹写了豹子的目光如同黑暗中白磷可以自行发亮的物性。另一方面，磷光在暗夜幽暗的光亮，又赋予豹子一层神秘感，强化其目光的幽悄冷逸。这样的选词，还透露着昌耀对地质类名物的特殊嗜好。“软缎”的喻象用得更是精彩至极。作为大型猫科动物的雪豹，其身体本不轻盈，它的轻盈来自它在运动中对自身肉体重力的巧妙控制、转化与消解（犹如杜甫笔下化重为轻的描写："身轻一鸟过"或"微风燕子斜"）。"软缎"的比喻之后连用的"抖""跃""攀"三个动词，义脉流转，将运动中的重力和轻盈一气贯通到恰如其分的地步。

写到这里，跟你再分享一节文字，文字的对象是猫的冤家老鼠。钱锺书评点后魏的卢元明写下的《剧鼠赋》，让我们得到一种双份的欣赏："托社忌器，妙解自惜；深藏厚闭，巧能推觅。"写鼠之性能，简而能赅。前八字言鼠善自全，后八字言人难匿物。"须似麦穗半垂，眼如豆角中劈，耳类槐叶初生，尾若酒杯余沥。"写鼠之形模，揣侔甚巧。"眼如豆角中劈"之"劈"犹杜甫《胡马》言"竹批双耳"之"批"；"尾若杯沥"思致尤新，指残沥自酒杯倾注时纤长如线状，非谓涓滴留在杯底；"或床上捋髭，或户间出额，貌甚舒暇，情无畏惕"；写鼠之意态，读之解颐。……《初学记》引此文，作"床上捋须"，而《太平御览》作"壁隙见髭"，减色倍理；夫睹虎一毛，不知其斑也，壁罅只出鼠髭，何缘能见鼠貌之安闲而鼠情之恣放乎？"捋"字稍落滞相；近人陈三立《散原精舍诗》卷下《月夜楼望》："松枝影瓦龙留爪，竹籁声窗鼠弄髭"，常闻师友称诵之，倘亦曰"床上弄髭"，便髭毫无遗憾矣。

限于篇幅和接受时限的制约，我以上展开的分析只限于句段的单位。如果不是流于死于句下的禅悟，读者们应该会把你的"四气"理解为你由字到篇，再由篇到字的整体性风格。

我把“精气”殿后，让“怪气”加个塞，无非是让阅读顺序有个变化。因为有些顺序没有严格意义上的必然性和逻辑性，它不是绝对的。就像读书，不一定所有人都按照页码的顺序来阅读。在《时光的痕迹》一文里你已向人们透露：“读一本书喜欢从后面翻开，抄笔记，从后往前。有一次，我甚至试图将一篇文章从结尾写向开头，但是否成功，已忘记。或许这是一种恶习吧，已经习惯，便也听之任之。其实，我们面对的，如果既定的程序千篇一律，也会厌倦，然而逆转之后，套路依旧。”聆乐你也是倒过来听，重新编制程序：“耳机里传出的是贝多芬最后一首大提琴奏鸣曲，即《D 大调第五号大提琴奏鸣曲》。我知道，继续往下听，作品将依次是大提琴奏鸣曲第四号、第三号、第二号和第一号。当初是按照这五首曲子创作的先后顺序下载的，但每次听它们，还是喜欢从后面往前听。”

“精气”的概念自然既包含作家个性禀赋里的机灵心细，也包含他对事物的准确表达。其中，人的机灵的禀赋似乎有一项功能，就是把人引向康德在《实用人类学》中所说的“亢进而产生的感受力”。他把这种感受力进一步叫作“细致的敏感性”，或者叫“精妙的精神”。他在早些时候写下的《论优美感和崇高感》，就已经谈论到这种精密入微的精神或精妙的精神，并且认为这是与崇高背道而驰的一种细腻的感情，“那是一种对一切稀罕的东西的一种情趣”。许多情况下，这种“细致的敏感性”会发生在瞬间，也就是说，有些人会在极短的时间里捕捉到事物的关键信息，有些人会以表面上不可思议的方式，如同干练精敏的警察，会在人群里迅速识别出小偷，女人会在一个照面的瞬间，立马判定出对方的雅俗与穷富。这种快速形成的感觉或印象，通常被人们称作“第一印象”，更规范的学术词语，该叫作“直觉”。我几天前读到德国艺术评论家马克斯·J.弗里德伦德尔的《论艺术与鉴赏》，他在书中针对直觉有一句颇给我带来好感的表述：“直觉就像磁针，它在摆动和振动时给我们指点方向。”我们在许多情况下都得到过“第一印象的恩惠和好处”。

“第一印象”是快速反应，它和我们身上迟缓反复的观察形成绝妙的搭档，最终的目的是直抵事物的核心。像前面我提到过的汪曾祺先生对一颗琥珀色油珠“要滴不滴的”描写，它里面不但包含着“第一印象”，而且包含着作家的用心揣摩。如此，它才走向了精确无比的表达。细细体会，你会觉得他的准确程度更高的地方在于，汪曾祺捕捉到了事物处在“动之微”状态下的特殊状态。这种状态，汉语词汇里有一个专门的用语：几。钱锺书说，“几者，已动而似未动，……乃有朕兆而推断，特其朕兆尚微而未著，常情遂忽而不睹；能察事象之微，识寻常所忽，斯所以为‘神’。”“‘动之微’者，虽已动而尚难见、不易知，是以见之者罕、知之者稀也。”在此层面上，汪曾祺的描写和曾几的《探梅》一诗里的描写，可谓异曲同工：“雪含欲下不下意，梅作将开未开色。”

回到“精气”的话题，它的核心就是精确。卡尔维诺在《未来千年文学备忘录》里，把它作为另一项重要的文学价值，杨德友的译本里采用的是更为平实的“确切”一词。

卡尔维诺不愧为一块文学语言上的精工手表。他基于人们在使用词汇时随意下笔，让表达坠入最平庸、最没有个性、最抽象的泥潭当中的写作现实，发现这种语言上的时疫正在日益嚣张地“挫钝表现力的锋芒，消灭词汇碰撞和新事物迸发出来的火花”。尤其我们已经见识到网络时代人人皆能书写的局面，也让更多的作者坠入了随意表达、轻率判断、浮泛言说、人云亦云，从来不细心推敲词语的恶性毛病当中，那些让意义的表达流离失所、飘若浮萍的文字，已经到了惨不忍睹的境地。

你的书写就是在此背景下的一次“绝地反抗”，是一次词语的“起义”，是语言的收复失地。你在语言上所达到的成熟度和精粹度，是全面而自觉的一种写作追求。这使你不但在青海作家群里成为翘楚，就是放到当代作家群里，你也属于优异者群里惹眼的一位。

从世界的文学书写历史来看，今天作家们的书写，在古典作家已有的清晰、准确的表达的基础上，又在表达的广度、深度、精度上不断代代锐意精进。这除了现代作家们在视野上、在经验上、在想象力上有了累进式的书写进步，其中更具革命性的书写进步，是因为得到人类技术发明的种种馈赠，或者说人类的官能，它在受制于器官构造、生理机能、进化等方面的限制的情况下，因为得益于现代世界一次次具有划时代意义的技术发明，以及由此创造出来的各种精密仪器，人类的感知，开始越来越频繁地突破以往官能的局限或者缺陷：从望远镜延伸了目力，看到了遥远而清澈的星空，从显微镜和微观摄像机看到了肉眼无法看到的细菌和微生物世界，从 VR 眼镜体验到立体多维的世界，从无人机俯瞰式的拍摄，得享鹰眼的高阔视野，从超声波检测仪观察到胎儿，从静脉显示仪、静脉血管成像系统看见血管的网状分布，从核磁共振成像（MRI）技术，看见软组织结构，从 360 度环绕立体声音乐制作，聆听到立体声响，从音量计和精密录音器，我们可以像美国录音师戈登·汉普顿那样，甚至聆听到蝴蝶鼓动翅膀的声音（参看《一平方英寸的寂静》）……

在没有仪器和技术“加持”我们的官能的情况下，作家们一定会调遣他们各自优异的禀赋来进行对事物和人物的精细的描写与刻画。那是传统文学书写的极致，我想借此机会，对比着分析一下你和乔伊斯对一场落雪的描写。

乔伊斯的这段描写，来自他的小说《死者》的结尾：

玻璃上几下轻轻的响声吸引他把脸转向窗户，又开始下雪了。他睡眼迷蒙地望着雪花，银色的、暗暗的雪花，迎着灯光在斜斜地飘落。该是他动身去西方旅行的时候了。是的，报纸说得对：整个爱尔兰都在下雪。它落在阴郁的中部平原的每一片土地上，落在光秃秃的小山上，轻轻地落进艾伦沼泽，再往西，又轻轻地落在香农河黑沉沉的、奔腾澎湃的浪潮中。它也落在山坡上安葬着迈克尔·富里的孤独的教堂墓地的每一块泥土上。它纷纷飘落，厚厚积压在歪歪斜斜的十字架上和墓石上，落在一扇扇小墓门的尖顶上，落在荒芜的荆棘丛中。他的灵魂缓缓地昏睡了，当他听着雪花微微地穿过宇宙在飘落，微微地，如同他们最终的结局那样，飘落到所有的生者和死者身上。

你的描写来自《金色河谷》里一篇题为《雪花也有它的用意》：

雪一直下。雪跟雨不一样，雨在落下之前就造起了声势，但雪是静悄悄的。有一阵子，我站在院子里看一朵雪花，我从房檐的那个高度认清了它。房檐以上的空间，雪花是弥漫的，白色的云雾一般，根本没有数量的概念。那朵雪花从房顶上斜过来，擦过屋檐上一枝枯去的翠菊，飘下一尺来高，然后又回旋到房檐的枯草上去，仿佛荡着秋千。在枯草之上，它并没有逗留，尽管已经有一些雪花落在那里，它在那儿打几个旋儿，又沿着旧路飘下来，这次落得要久一些，慢悠悠的，仿佛一位老人在颤巍巍地走他最后的路。我伸出手，但是它又逃逸了。它向着院子里的柏树滑过去，像一顶小小的降落伞那样停驻枝头。我想着这就是它的路程了，我不知道它的路程有多长，但看见了它的末路。柏树里是藏着麻雀的，我想着要扭身回去的时候，麻雀叽喳了一声，树枝颤动，那枚雪花被弹起来。一枚雪花在空中滑过的弧线并不分明，也不圆润，它歪歪扭扭地，拐一个角，轻飘飘地，落下来。

在爱尔兰这个属于典型的温带海洋性气候国家，一年受到北大西洋暖流的影响，气候温和，很少下雪。所以乔伊斯笔下才特意强调了一下报纸上对一次下雪的新闻报道。随后，他对这场落雪的描写，完全开启的是小说模式。我们从经验上判断，小说中的主人公不可能在房间里望见那场遍及爱尔兰中部平原的落雪，更望不到雪花落在墓门的尖顶上。他的听觉也是小说模式下的听觉——听到雪花微微地穿过宇宙在飘落。我所谓的小说模式，就是利用了想象这个人类才会秉具的超级内感官。细细体会，它游移的视觉，类似我们古典文化语境里的"神游"，或者倩女离魂后的一种"灵视"。而你笔下的落雪，是青海高原冬季里的一场落雪，这里的气候类型属于和爱尔兰气候类型迥异的大陆寒温带气候，它在冬季受到西伯利亚季风和寒流的影响。写到的植物透露出寒凉干枯的高原气息。你开启的写作模式是散文模式，也就是说，实际观察的经验占据主导地位。对比一下你们两者的观看，相同的地方是：不管是得自肉眼，还是得自心眼，你们都在各自的观看里不动声色地设置了一个"慢速摄影模式"。凭借这一模式，你们笔下的落雪在冷凉空气里的运动，都要比实际情形下的落雪运动要慢一些，或者还要慢很多。慢在这里发挥着强大的审美功能：一方面，显示出运动的节奏，一方面，其实是一次很隐蔽的情绪节奏和心理的强调。乔伊斯的落雪，明显带着男性作家对简明的、有力的、理性的意志的趋向性。在落雪的运动轨迹上，乔伊斯是几乎没有太多花样的斜线式的运动（斜线是对直线的倾斜，具有斜度带来的动感或不平衡感，但基本上沿着一个方向运动）——雪花迎着灯光在斜斜地飘落。而你的落雪，则带着女性作家对灵动的、变幻莫测的、宛曲多姿的非理性意志的趋向性，体现在落雪的运动轨迹上，你是极尽一朵雪花曲线运动的繁复轨迹：先是在整体中，雪花向四外扩散的不规则弥漫；接下来，单独追摄其中一朵雪花的运动轨迹。瞧瞧，你的雪花也有过一次斜向的运动，但很快加速（擦过），又很快减速（飘下），再次减速，花样变为两次圆形轨迹的运动（回旋、打几个旋儿），注意打旋的时候运动的速度又有一次微妙的加速，然后，仍旧持续减速（飘下来，滑过），复又在减速中又一次突然地加速（被弹起来），这力量因为有些大，使雪花的动作发生了变形（运动轨迹歪歪扭扭），再顺着平顺力量的惯性运动时，又改变了一下方向（拐一个角），最后，这朵雪花的运动才在力量的逐渐衰减当中，暂时告一段落（轻飘飘地落下来）。这么一长串的运动轨迹，自始至终，无不打上你性情里漫游、好奇、犹疑、沉迷、迂回的气质——你的落雪甚至带上了多变的、不确定的、突发式的运动特质。这个过程，比乔伊斯的这个出名的小说桥段，要迂回曲折好些个层面。但乔伊斯的结尾，是由小格局走向阔大宏壮的宇宙，其间回肠荡气的沉郁悲悯，是感情峰值的冲顶，是音乐的铿锵沉雄的收尾。而你则是在一个酷似长镜头的镜头语言里，所进行的一次沉静而持久的跟踪，落脚点回到微小，回到轻盈，回到带点顽皮的小小逸乐，仿佛音乐终曲时冉冉袅娜的声息。从审美情感类型说，乔伊斯给我们带来崇高，你给我们带来的则是优美。“崇高使人感动，优美则使人迷恋”，康德如是说（2007 年 11 月 20 日中午，我在南京大学一家叫作尚文书坊的书店，买到康德只有不到六万字的美学论文单行本《论优美感和崇高感》，一读之下，一洗之前阅读《纯粹理性批判》时留下的枯燥沉闷印象，好像他在跟我们的成见掰手腕时扳回了一局，老头子一洗前耻似的）。

回过头来细想，你对这朵雪花的观察，也绝非出自完完全全的目验，你在其中是做过一点“手脚”的。从纷乱无序的雪花中一直对某个单个的雪花进行定向跟踪，在实际的肉眼观察经验里是无法做到的，谁也不可能不错眼珠、不眨眼睛地死死盯住、锁定漫天飞雪中一朵单独、特定的雪花。做不到，却能行诸笔端，在这个矛盾的现象里发生了什么呢？起码是发生了一次感觉挪移的延宕，然后化合、提升，采用鲁迅先生经常采用的“杂取种种人，合成一个”的塑造人物的方法，也就是蹑手蹑脚地像猫走路那样，轻巧、隐蔽地又使用了“小说笔法”。我当年在写作课上给学生讲阿城形容吃辣的感觉：像是舌头上着了一鞭。我们骤然一听或者骤然一读，立马与阿城的表述同频共振，甚至舌头上隐隐生出麻胀火辣的感觉，像是阿城当场给读者施了一次巫术或是心理催眠。在实际的经验里，鞭子抽打到舌头的概率几乎等于零。但我们之所以觉得这个诞妄而奇特的表述准确至极，乃是我们有过皮鞭抽打到身体其他部位之后所产生的尖锐的肤觉。阿城“偷梁换柱”，实施了不动声色的感觉挪移，于是形成陌生而新奇的表达。里面的核心技术就是利用了心理上的联觉、隐性的推测还有想象的化合作用。

看来，许多情况下所谓的客观描述，再怎么逼真，作家们也会拿到主观体验里去抛光。那抛光的手艺，高级到你还以为是积年盘出的包浆。你的全部文字里，到处都呈示着这种带有“精气”的成色。

我这一回特别想说的，是与这种古典语境中所完成的精确的书写稍有不同的、带着现代科学气质的精确，它们可以被理解成是传统意义上的那种精确的“加强版”或“升级版”。权且名之曰“超限感觉”——超过官能限度，借助某些特定的观察仪器而延伸、放大出来的感觉。

我注意到这种拜科学技术所赐的精确，受教于已逝的卡尔维诺先生。他在评论蒙塔莱的诗歌时，谈到 20 世纪一次根本性的人类学革命：汽车倒后镜的发明。“汽车时代的人，可被视作一种新的生物物种，与其说是因为汽车的镜子本身，不如说是因为这种排斥自我的镜子——他的眼睛看见一条路，这条路不断递进，在他面前的变短，在背后的变长。换句话说，他可以一望就见到两个相反的视野，而不必受到自身影像的妨碍，仿佛他什么也不是，只是一只盘旋在整个世界上空的眼睛。”（《为什么读经典》）

作家对世界的描述，最最基本的一个写作支点，就是依靠我们的视觉经验。有人还指出，所有人的梦境构成，也主要来自人的视觉感知经验。暂且不说三星堆青铜面具上的突目造型（巫鸿在《礼仪中的美术》里有一章“眼睛就是一切”，专门讨论过这件文物。他还指出商代甲骨文中的“蜀”字，其上部是一只巨眼，下部是蜷曲的身体。《管锥编》里也专门写过一条札记：《顾恺之》画人物，数年不点目睛，曰：“传神写貌，正在阿堵之中”。维科在《新科学》里用词源学的知识，指出一种古老的看法：视，就是用眼睛占领，仿佛见到的东西就由视觉占领了）。

想象在发生学上的心理依据，我以为可以表述为：想象是对一切亏欠的弥补，是想象性达成的满足，如同我们熟知的画饼充饥。在此前提下，我们就会明白开明兽何以会长着九颗脑袋。因为我们双目构造的局限，我们无法同时看见上下左右、胸前背后的事物，于是，造出这么一个神物，实现视觉感知上的“圆览周照”，360度无死角。同理，我们先秦时代的千里眼离娄，据说“能视于百步之外，见秋毫之末”。清代的驴皮影造型上，他的两个眸子有着长长的触突，跟四川广汉出土的三星堆青铜面具如出一辙。我们同样也创造出顺风耳师旷。它们都是试图借着幻想和渴望，实现人的超级视力和超级听力，获得我上面说过的“超限感觉”。

人的视力，是指分辨细小的或遥远的物体及细微部分的能力，眼睛识别远方物体或目标的能力称为远视力，识别近处细小对象或目标的能力称为近视力。视力又可分为静视力、动态视力和夜间视力。静视力是指人和观察对象都处于静止状态下的视力，你的那些描写植物的文字，都出之于此。动态视力是指眼睛在观察移动目标时，捕获、分解、感知移动目标影像的能力。你的那段落雪的描写和你所有的动物描写，都得之于你的动态视力。一般情况下，正常人的眼睛视力用1.0以上的分辨率来表示，我们在眼科检测目力时，可以看到国际标准视力表最底下的“E”符号所指方向，就证明是最好的视力，能够清晰看到千米以外的物体细部。

在传统的书写里，远视或者我们用动态视力观看快速移动的物体的能力，都表现出我们在达到视觉感知的极限时所出现的费劲和局限。无论是《诗经》里的“瞻望勿及，伫立以泣”，古诗里的“一帆秋色共云遥，眼力不知人远，上江桥”，抑或是杜甫《望岳》中的“决眦入归鸟”，张岱《湖心亭看雪》中的远视成像——湖上影子，惟长堤一痕、湖心亭一点、与余舟一芥，舟中人两三粒而已，都记录下我们人类的视力很难做到既看到远处的物体又看到远处物体的细部。《管锥编》里举过西方文学的例子——莎士比亚剧中女角惜夫远行云：极目送之，注视不忍释，虽眼中筋络迸裂无所惜；行人渐远浸小，纤若针矣，微若蠛蠓矣，消失于空蒙矣，已矣！回眸而啜其泣矣！钱锺书后来在补订中又记了一条，雨果小说写舟子困守石上，潮升淹体，首尚露水面，注视其小舟随波漂逝：“舟不可辨识，只睹烟雾混茫中一黑点。少焉，轮廓不具，色亦淡褪。随乃愈缩而小，继则忽散而消。舟没地平线下，此时人亦灭顶。漫漫海上，空无一物矣。”机杼大似莎翁此节，而写所观兼及能观，以“两者茫茫皆不见”了局，拟议而变化者欤。西方人精细入微的动植物素描或油画，都是依赖他们从各种渠道弄来的动植物标本和对植物园、动物园圈养的动物们的观察。我在美国作家安妮·法迪曼的文字里知道，她们小时候用长长的网袋捕获各种珍奇的蝴蝶，然后把捉住的蝴蝶放到从 19 世纪 50 年代就发明出来的杀蝶罐里，用氯化钾、四氯化碳溶液，杀死蝴蝶活体，做成标本。她还提及纳博科夫 1931 年写下的一个故事《蝶蛾研究家》。纳博科夫描写柏林的一家蝴蝶商店，橱窗里“翅上的眼睛惊奇地大大睁开，闪光的蓝色缎面，黑色的魔术”。法迪曼的书上，还贴着一张复制的藏书票，画面上一只猫头鹰站在显露着十字尖顶的城市教堂千里以外的郊野，正用张开的网袋捕获一只蜻蜓。它的脚下，则放着一块用来做标本的纸板，上面已经用长长的大头针把一只四仰八叉的昆虫钉在纸板上。

现在好了，至少我在你的文字里没见到过对动物们施行的暴力——仿佛那曾是荣享知识和审美需要所必须付出的代价。我在今年大疫时对郭建强创作的组诗《微生物课》有过长长的评论，我在文章里提到他利用显微镜创造的“显微镜像”。如今，你不需要，你也不忍心把原本活着的动物弄死后细细揣摩研究，你通过望远镜镜筒，就可以把目力不及的动物，拉进你柱状延伸的镜筒（多么像是把三星堆的铜人面具里的想象，兑现为现实），而且你还可以把那些飞鸟的镜像放大，直到看清它们所有的身体细节。只是，它比固定观察标本，需要更多的耐心和更多的观察次数、观察程序。望远镜可以望见远在千米以外的动物，但动物们时常会一闪而过。于是，用照相机连拍模式进行辅助观察，拍摄下肉眼无法观测到的全部动态细节。而这种连拍或延时拍摄，会产生大量质量不等的图片。要在那么多的图片里搜到理想的信息，是一个需要花费眼力、心力还要搭上耐力和时间的极其繁复的过程。

之前，我还真没有看到这一点——你的望远镜镜像。就是在今年第一期的《青海湖》文学月刊上，拜读到你的新作《河乌与戴菊》的时候，我才觉察到你的精确书写的技术支撑——借助人类的技术发明，借助望远镜、照相术，尤其是它们提供给你的放大、微距功能，你走向了视觉表达的超级形态：一种肉眼和器械融合后的崭新视知觉方式。它要比以往的精确书写，再进一步或好几步，做到了更细微、更清晰的描写。

容我将你提及观察技术手段的文字，做个小小的辑录：

——《纵纹腹小鸮》：如若是其他的鸟，我坐在原地，用望远镜看看就已足够，但眼前的小鸮，必得一步一步靠近，必得将每一个细节都看清楚，不仅如此，还需让小鸮瞥见我，对我有些表情达意的反应才好。

——《戴菊》：小鸟从一枝跃到另一枝，在每一枝上停留的时间不超过十秒钟，异乎寻常地忙碌，似乎有许多事情需要处理，我换不同的角度看，又拿出望远镜对着它，它都不理我，仿佛我就是个虚无。

——《白顶溪鸲》：望远镜会将一只原本小巧的鸟变得无比庞大，在镜筒中，白顶溪鸲有喜鹊那样大的身体，但它的神态，依旧是一只玲珑小鸟才有的活泼和俏皮。仿佛要从一个镜头参透整部剧情，利用车子开动前的每一秒钟，我将那只白顶溪鸲仔细打量，试图看清它的每一细节。

——《黄腰拟蜡嘴雀》：我于是微笑着放下食物袋，拿出望远镜，其间我还故意咳一声，挪几步，找一个好的角度，我要像相对象那样将它们仔细探究。

诸如此类的“夫子自道”，让我又返回到你之前出版的《西风消息》里，浏览一过之后，我只找出了两处：“我拿着相机，趴在地上用微距拍野花”；“鞭麻开出的花朵明黄，紫菀像极了放大倍数的红色千里光……”

借助这些观察技术利器，我们才能读到你笔下越来越精细、清晰的视觉画面。比如《黑头鸸》里的这般描写：“好在它的喙比较长——虽然没有戴胜或长嘴鹬那样过分，不过比起它那种体型的鸟，显然有点长，又是细细的，像插在脑袋上的一根吸管——这多少让它的憨厚老实有了些灵气。提升黑头鸸气质的，还有它的一对眉纹，白，排刷刷出一样，粗，边缘毛毛糙糙，且从额基上扬一直到后枕。上扬的眉毛显得有英气，同时也让眼神凌厉。”如果不是借助望远镜镜像，再好的眼力，也观察不到黑头鸸的纹眉的细部。此前所有关于动物的描写，都无法达到这般精细的、全部细节的呈现。比如西晋潘安的《射雉赋》里描写一只被箭射中的野鸡，也就只能写道“毛体摧落，霍若碎锦”这个笼统印象的程度。

拥有精敏的观察力，是你的一个重要的个性禀赋。做到写作上的精确，对你来说，已经不是外在的书写原则和技巧，而是你气质使然的一个审美结果。我时常惊诧于你的精敏，看到你在《金色河谷 · 山刺玫》里写道：“我想起我曾经养过的花猫也会这样，白天它将舔舐身体时的碎毛吞咽下去，夜半躲到角落里呕吐出来，不厌其烦。”如此精敏异常的观察，是如我一般的芸芸众生一生都不可能看到的情形。这个观察记录，连专门写猫的《猫苑》《猫乘》这类博杂的笔记里面，都没有一字涉及。这种天赋，再加上现代世界发明的各种观察仪器和技术手段，强强联合，已经让你进入能者无敌的境界。

还有像《黄腰拟蜡嘴雀》里的这段描写：“打开食物袋，抓一把薏米撒在它俩身边，说，来，吃好的。它俩不领情，显得特别自尊。嗟来之食，我似乎听到它俩的嫌弃，它俩甚至远离我撒出去的那些食物，安能摧眉折腰事权贵……一只钻到云杉的幽深中去，一只直接冲向我。匆忙一躲闪，发现它早已站定在我眼前的树枝上。一伸手就能握住的树枝，能看清每一根羽毛反射的光，它的黄腰，黑胸，飞羽上的白。它安静地站在那里，像一个观鸟者将我查看。如此大胆。”好家伙，一瞬间“能看清每一根羽毛反射的光”（其中少不了些许意度的成分）。如此机敏专注的动态视力，在当代作家圈里，也没有几人能够望到你的项背。

中外文学，但凡书写到生灵和花花草草，少不了夹带进作家别有寄托的情感和思想，就像杜甫，诗中写过《鸥》《猿》《黄鱼》《麂》《鹦鹉》等走兽飞禽，但他不可能仅仅只写它们的秉性。每每诗人皆有所寄，皆为“处乱世之言”，无怪乎金圣叹评点到这类诗作，说：“先生如此等诗，何忍多读！然又不可不读。”中国艺术是要在一草一木、一虫一兽里说事说理，不能画石榴就仅止于石榴，画白菜就仅止于白菜。你的这段文字，延续了这种文学传统中托物言志的传统。只是你并不刻意于此，往往是以笔记中的闲笔，点到即止，略一提及，便宕开一笔。文思如跳。有时候你甚至打破给动植物赋予象征、寓意的传统路数。“给花朵赋予一定的秉性或者品格，真是闲来无事的败笔。”（《西风消息 · 长寿菊》）

精细里加上逸笔，这才是你的厉害之处。倘若一味精细，也会失之于烦琐。你自配解药，化为逸笔，不给我们的阅读带来一丝一毫的懈怠、疲劳和瞌睡。

今天，遇上庚子年立夏后的第一场雨。

飞到树枝上的喜鹊，失去平日里飞行的轻盈感，被雨水淋湿的羽毛，在飞的过程里平添了一身湿湿的有点发黏的重量。而落在人工蓄水池里的雨珠，溅出环环相扣、乍生乍灭的水环，仿佛隐身的哪吒在玩耍着它的乾坤圈。中国人的视觉造型绝美到极致：哪吒踩着风火轮还不过瘾，还要在轮子上缠一条混天绫。这就轻巧地解决了他的“凌空”感；就像飞天身上的飘带，一下子就带出了轻盈感和飞动感，哪像西方的天使，还要长上一双呆滞的羽翅。庄周说列子御风而行，既没说他扑扇着翅膀，也没说他腰里缠着飘带。庄子烧脑似的智商，是让列子克服了万有引力定律的宿命。

我很期待来日拜读你的新著《菩提星辉》。这个崭新的题材领域，就当代作家的书写来说，还不多见。学者里，致力于佛学的，我读过熊十力、苏渊雷、钱锺书、胡兰成们的。作家、艺术家里，熊秉明写过佛教艺术，汪曾祺写过事关释迦牟尼的佛教典故，阿城是在佛教造像上写过《昙曜五窟》。扳着指头数来数去，涉及佛教的文学化书写，在当代作家极不完善的知识结构和狭窄的文化视野局限下，你的书写就显得极为难得，属于“尘外孤标，云间独步”。

或许，有些读者会感到唐突，其实写作这类文化含量和心灵含量俱高的作品，早就在你那里珠胎暗孕，只待假以时日一朝分娩。看你的《丙申年》，我已识出里面埋下的伏笔：“境由心生，一位格西曾郑重告诉我。// 格西同时告诉我，最容易失控的，是人心，遇到好事便心花怒放，遇到坏事便沉闷忧伤，要知道变化如影随形，好坏时刻都会颠倒，入心如若跟随，起伏之间，相互对照，便会痛苦。缘何如此，我问。格西说，因为太看重与自己有关的事情。”你还在《西风消息》里写过《却藏寺》,《在燕麦川的晨光和暮色里》再次写到却藏寺。你还在另一处提到，你在哪里看过张大千的一幅《大威德佛》，双面明王正与长发披垂的明妃缠绵交合，莲台颜色鲜艳，五骨冠饰、法器、骷髅精密细致。从你的表述里可以看出，你是娴熟于佛教造像的相关知识，而这对于其他的作家来说，无异于知识和视野的盲区。

出于好奇和好玩，我来先行猜测一下。你的这一特殊的文本，可能会建基于你对河湟大地上那些大小寺庙的叩访经历，建基于一些乡村生活里佛教文化丝丝缕缕的暗香，包括作为间接知识吸收来的一些有关佛教、佛学的书籍。这类书籍的量不会很大，毕竟你不是作佛学或佛教的专门性研究，你的重心和兴趣所在，是以审美的方式和生命的内观，介入这一在主流文化中处于边缘状态的、侧重心灵和人生智慧修炼的文化疆域。

你会撒上一些悟语，但你更乐意记下晤遇。

你还蕴藏着聆听中西方音乐，尤其是西方古典音乐的好多资源。《几度木兰舟上望》《人归暮雪时》只是亮出来一点身手。我印象里，作家里余华谈论西方古典音乐的文字是他文学经验的重要构成，他的一些小说的结构灵感也得益于音乐织体。阿城也是狂热的音乐发烧友，零星的言说，震得我这类乐盲一愣一愣的。艺术家里，什么陈丹青、何多苓们，也与阿城如出一轨。几年前，在网上看到老学者朱季海先生的谈艺录，里面的“货实”屡屡给人意外的惊喜，比如他讲：国人总是这样“一窝蜂”、赶时髦。音乐爱好者还能原谅，问题是那些专家、学者，一说柴可夫斯基，便一窝蜂地演奏、叫好他的《天鹅湖》，仿佛他只有一部《天鹅湖》，这是无知和媚俗。其实他有许多出色的音乐作品，例如《悲怆交响曲》，你应该好好听听表现艺术家晚年内心悒郁、与灵魂搏斗的华章。天才艺术家无不是这样的。俄国大音乐家就出了个柴可夫斯基；格林卡挨不上边；至于里姆斯基–科萨科夫的“强力集团”的音乐，则像现在的进行曲味道，说得不好听就是造反派的大轰大叫。你聆乐的文字之高级、透彻、专业，恐怕在整个文学圈里也属于高精尖。

你还有一个东西，引人期待，那就是你的电影笔记。你对电影的选择和挑剔，跟你选听音乐家、曲子甚至演奏乐团一样挑剔。贝拉·塔尔，塔可夫斯基，英格玛·伯格曼，安哲罗普洛斯，基耶洛夫斯基，黑泽明，小津安二郎……这些大师级导演的作品，都有可能成为你的生命镜像。

不能仅仅局限于文学来测你的水深。你雕刻时光的方式也一定是N种方式。我不止一次地引用过清代笔记《西青散记》（史震林著）里辑录的一句诗，那是赵闇叔的《观蚁诗》里的两句："绿隙漏红鲜，蚁路暗相通。"它以微观的幽深、繁密、娴雅、隐秘，缔造世界的精微与生机，缔造世界的曲径分岔，缔造世界的殊途同归。你的书写亦复如是。

2020 年 5 月 29 日　星期五　　酉时

眼看这篇文字的殿庑逼近竣工，为了放松一下一个半月多的心力，今天我又去了一趟林家崖半山腰山崖下的一处地方，在那里捡拾散在枯草、新花、羊脑石间的望月砂，也就是野兔的粪便。夏季，家里的绿植花草渐渐冒绿，很想再给它们殷勤地追追肥力，花木欣欣，我亦欣欣。

收尾了，见到这长长的信，种植或者垒砌在电脑屏幕的文件模板上，心里有了农民望向成熟田野的满足与踏实。我甚至恍然觉得自己就坐在毒日头烤炙的塄坎上，摘下麦秸秆编织的凉帽，不时扇着凉风。淌着汗痕的地方（像汗滚落成的水迹蚯蚓），凉感尤甚。

彼一时刻，阅读里还有一些频繁出现的字句，晃在我的眼帘。我现在把它们捉置一处，绝不是拿它们当作奸犯科者群，而是将那散珠稍稍一串。也有醒目一下的意思（一个局部的特点），像过去诗词、小说里写过的绿树掩映中高高挑起的酒帘儿。

下面仅从《金色河谷》和《西风消息》里取例，提示一下你文章里的“是字句”。

先看《金色河谷》里的——

《有关祁连的片段》:“是，在这样的地方，再无法思及自身琐碎……”

《刚察》:“是，在藏文里，‘刚’是‘髓'的意思，‘察’则有断骨之意。”

藏在句中的，比如《湖·旧时光》:“站在这灰色河流的中心，我明白什么叫作序曲。是，序曲，它不仅仅是开始……”

《在燕麦川的晨光和暮色里》第二段起首句:“是，扭头，我眼前所见，无不是过滤掉烟尘的事物。”

《回声》第六段起首句:“是，灾难和瘟神，我们并不屈服于它，但我们也不妄自尊大。”

再看《西风消息》里的——

《杜宇一声春归尽》第四段起首句:“是种奇迹。”

《德令哈》末段起首句:“是，原本存在的，它本该存在，原本没有的，它本该消失。”

《柳兰》第三段起首句:“是，不仅是这花，连花茎部的土壤，裸露出来的灰色岩石，匍匐的野草和其他一些白色黄色的小野花，草药芬芳，爬过叶子的昆虫，以及飞来的蝴蝶，甚至整座山坡的气息，都为我熟悉。”

《山野》第五段起首句:“是后来才知道的一种灌木，柠条，肆意生长，开出黄色的蝶形花朵，荚果暗红。”

《小镇》第三段起首句:“是，自然的吟唱又怎能代表小镇的全部声息?”

《鸦群》第四段起首句:“是，肯定有一个方向，是它们的向往。”

《冬天的花香哪里藏》第四段起首句：“是，消失的，不仅是灰黑，一定还有笑，有泪痕，有纷争，有缱绻。”

…………

以上这些“是字句”，本质上属于应答，一种内在的应答，或者叫潜对话。读者回到文章的语境，根本找不见一个具体的问者。为什么呢？那是作为作者的你，和另一个恍若“暗物质”里的你作着应答，恍若自言自语。其实，这是文章的一种行气，一种文脉，其功能就是对上下语境文脉的遥承暗接。作为读者，如若进入不到深度阅读，就无法摸到文思的细脉。

还有，出于简省的写作原则，也可能是出于对掉书袋式的刻板表述的有意规避，也有文气上制造突兀感，审美上营造陌生化效果的需要，你在征引别人书里的言说的时候，往往不具主名。比如《金色河谷·金色河谷》：“说，热贡，在汉语中，是金色河谷。”《西风消息·小暑》：“说，小暑打雷，大暑破圩。”《西风消息·处暑》：“说，处暑分三候……”《西风消息·蜀葵》：“说，取蜀葵的叶片研磨成汁……”《西风消息·大寒》：“说，‘寒气之逆极，故谓大寒’。”

还有，喜用短句，很少使用长句，要是不巧碰上了，你喜欢把长句子铰碎、剪短。长句子天性里有一股倾诉的迫促，像极了音乐里的RAP（跟它相近的rapid，就是迅速的意思，急流的意思）；而短句则多属于缓慢的心境，带着思量娴雅不迫的停顿。你看你，一个话的切分，你有一次性切分，也有两次性切分，三次性切分直至十多次的切分。从出现的频率来估摸，三次性切分居多。我想起你写过一个非洲的民间传说，说是兔子因为说了丰盛的语言而闯祸，结果，嘴被月亮女神打成三瓣。“丰盛的语言的唇，终被裂为三瓣。”（《西风消息 · 立冬》）

我在上封信里猜测过你的几种可能性书写。它实际上从书写题材的广泛性上，说明了你已经是一位成熟的作家。从这一点上来判断，你不大可能成为一个特定题材的类型作家，你会不时突破既定和既有的写作领域，像水墨在宣纸上洇晕开去。我坚持认为，你书写的笔记性会把你带到没有文学町畦的天地里。

好像也就只能放在最后，如同想画出圆的最末一笔，恰恰又衔接到开始。谈了那么多欣赏，到了终了，才觉出有什么东西欠着一口似的欠缺着。你的目前呈现的一切，从审美上大致可归入优美一类，相比之下，你的文字里缺少崇高性的书写——其实你在聆听西乐时，已经从悲怆、死亡得到崇高性的体验，但见诸文字的，还比较稀少。我后来对美的欣赏，时常会带着三分狐疑：我觉着它极美的时候，会掩饰掉许多我们不愿意领受的现实和存在。或者说，美在一定程度上带着它自己都无法摆脱的“欺骗性”，即毒性，就像罂粟花，它那么香气浓郁，色彩艳丽，长在任何一处花坛里，都属于色压群芳的主儿，可它的球形果壳里贮藏着的那些细小而众多的种子，却又因为含有吗啡、可卡因等物质，让人过量食用后致瘾。

古希腊人每年一场的悲剧演出，作用之一就是为过于优美的事物消毒，让人们睹生之惨烈、悲怆、痛吼、恐惧……我两三年前吧，某一天在“喜马拉雅”里听到莱昂纳德 · 科恩的演唱，他低沉浑厚、沙哑苍老的烟嗓，瞬间击中我的心扉。那种粗粝的、带着皮肉擦伤感觉的声音，立刻就把优美这类情调撂在一边，相形见绌，就像微微的波澜会在海啸面前自惭形秽。那种力量感，穿透感，一下子让优美变薄。比这个更具震撼力的，恐怕没有能胜过秦腔角色里的铜锤花脸——“黑脎”的。朋友老村曾经给我赠送过他的小说《黑脎》。书末，附有出生秦腔世家的陕西作家康亦庄讲过的一个故事：民国十七年，驰名西北的秦腔编剧孙仁玉先生，领着一帮精刚武赳的“黑脎”去法场为一个屈冤的军人祭酒壮行。那天连军人的亲朋怕受株连都不敢送行，但孙仁玉先生和“黑脎”们始终跟从着，嘴里吼唱着悲愤苍凉的《斩单童》。

那一刻，我觉出了一种沸腾在我们这个民族血液里的温度、傲骨和尊严。想想，那种热铁在冰水之中接受淬火时瞬间经历和发生的变化。

以你的灵性和领悟力，你会行到水穷处，接受流云和雷电的神示。

后记

这部书稿，是我在庚子年新冠疫情在全球迅速扩散的恐慌阴影中写下的。我原本以为如此可怕的事情，只属于历史上遥远的记载，属于屡遭患难的老辈人。在国家超强技术的支撑下，人类怎么会遭遇这样全球性的厄运？然而它就那么尖锐而蛮横地发生了！莽撞、蛮野地闯入我们每个人的生命经历当中。梦魇真实地投进了现实，那一刻我明白了：可怕的事情看起来理应发生在异国他乡，发生在别人身上；在相当一段时间里，我们麻痹了的神经甚至会以为它们就永远地搁在别处、搁在远方，怎么会轮到自己头上呢。事实是：它们不但会重新来过，而且，它们一直、一直千里万里地尾随着每个人，它们是我们的肉身投在地上的虚影。因为是虚影，平时我们一直对它视而不见，熟视无睹，直到那虚影有一天像凶蛮的绑架者劫持人质时用麻袋完完全全蒙裹住人质，直到虚影将你带入令人窒息的黑暗。

想不到居家隔离会给我带来一个意外的馈赠，就是在这段挡掉了许多开会、应酬、琐事的特殊时间里，我反倒赢得了一点阅读与书写的时间。这个奇异的时刻，既像是某种逃避、某种精神的越狱，又像是自我的一次起义，自我的一次拯救。这篇书简，就是在如此背景下留下的一缕心迹。

我想顺带披露一下，在此之前，还在 3 月初寒冷的天气里，我给朋友郭建强写于那个噩梦时刻的一组令人惊叹、击节的组诗《微生物课》，居然写下了一篇近 15000 字的长篇评论《显微镜像爆裂的“摩罗诗力”》。两篇前后继踵的评赏文本，用书法来比喻它的风格类型，一个就像王羲之的《兰亭序》，一个则像颜真卿的《祭侄文稿》。两种完全不同的精神景观，就像两股不同方向的风，强劲地吹在我的左右脸颊。在这么短的时间里，能如此“高效”地完成两个“大件”，这是我写作经历里的头一遭。从某种角度讲，我还真得拜新冠肺炎疫情所赐——果真是福祸相依，随机转化。

在编辑本书目录的时候，我才意识到这篇本不足十万字的书写，是我在 10 天时间里完成的——尽管写作的时间不完全是次第连贯起来的。同时，我也是十分凑巧地弄成了另一种况味的“十日谈”——不是说我拥有了乔万尼·薄伽丘的智慧和写作高度，仅仅是形式上、数字上一个给我好感的凑巧。这让我想起凤姐儿请刘姥姥给巧儿起名那一节的描写：

“我想起来，他还没个名字，你就给他起个名字。一则借借你的寿，二则你们是庄稼人，不怕你恼，到底贫苦些，你贫苦人起个名字，只怕压得住他。”刘姥姥听说，便想了一想，笑道：“不知他几时生的？”凤姐儿道：“正是生日的日子不好呢，可巧是七月初七日。”刘姥姥忙笑道：“这个正好，就叫他是巧哥儿。

这叫作‘以毒攻毒，以火攻火’的法子。姑奶奶定要依我这名字，他必长命百岁。日后大了，各人成家立业，或一时有不遂心的事，必然是遇难成祥，逢凶化吉，却从这‘巧’字上来。”

当时刚一写完，趁热我就通过手机微信传给了李万华。李万华在青海的文学圈里是最不爱热闹、最不愿赶场子的作家。因为她和大家言语往来少，但凡她留下什么言动，我就当稀罕物件收集起来。借此机会，我把她的短信回复收录在这里，算是写作者和评论者之间互动的一次情景再现——

29日晚间李万华回复的短信：

马老师，文章我保存到电脑里了，刚才接电话，过于紧张，都不知说啥啦。

保存的过程中看了几行，有点泪目，因为这种方式。

30日早晨李万华回复的短信：

马老师早。昨晚一口气将文章读完，已经凌晨了，没再回复。一边读一边惊诧，尽管我原本就一直感叹马老师知识的渊博，作文的睿智，见解的独到，但昨晚还是不停地惊诧，然后反思自己：真是孤陋寡闻啊，好多书没读，好多典故趣闻不知，好多局限。像读一本布满迷局的经典小说那样，急迫要知道下文，第一遍读得粗略。接着我就要开始细读了。马老师辛苦了。

我在第一日所写的信简里，提到2019年12月17日，青海省作协和海东市文联在海东市，为李万华的散文《丙申年》获得第十八届“百花文学奖”举办了一个研讨会。我在会上有个即兴发言，中心意思就是高度肯定她的散文写作在青海文学界所具有的孤标脱俗的价值。会后，没想到她会给我发来一大节富含价值的短信：

马老师，您这样褒奖，我觉得特别惭愧，我一直在学习中，总是不自信。今天您总结的时候，对于当前一些作者的书写和读书的见解，实在是说到了我心坎里。我也非常遗憾他们将目光放在一个局部。我自己开玩笑说上辈子是猫，其实，有一点很像猫的地方是“好奇心害死猫（家人总结）”，总是一会儿对这个感兴趣，一会儿对那个感兴趣，一感兴趣，就想“研究”一番，结果总是泛泛了解，做不到精而专。对于人物的书写，我自己也有认识。十多年前，有一次，我告诫自己说，写东西有两不写：不写母亲，不写爱情。母亲是最爱我的人，我怕任何一次落笔，不小心就玷污了这份爱，但后来还是断断续续写了几篇。至于爱情，我觉得还是让别人写吧，别人肯定比我写得好。我写小花小草，小猫小狗，特开心，一写人就觉得沉重，实在不想写沉重的东西，后来干脆不写了。去年又对科幻和物理学感兴趣，读了几本书后，写了一篇文章，特别忐忑，文档中放了三个月，胆子一大，发给《散文》编辑，散文编辑说，他也忐忑，但总得有人这么写。钟鸣的书我待会儿就下单，一定要读，您是我特尊敬的人，得到您的勉励和鼓励，特开心，以后还想听到更多的教诲。谢谢您。

我给李万华推荐的书单，是钟鸣的随笔集《畜界 人界》。钟鸣的怪里怪气和她的骨子里奇异的“怪气”，是可以坐到一块神聊一番，直到“炉烟消尽寒灯晦”。

书简里涉及猫的那节内容，曾被她推荐给《散文》杂志，人家用《猫书志》为篇名给予刊发。这次就想着出一本薄书，前面的序言，拉了三位朋友、诗人给我助阵、叫好，也算是对我们经年交情和友谊的一次暖心的纪念。

最后需要说明的是，这本书和我已经出版的《时间的雕像——昌耀诗学对话》，正在出版社编校的《有美如斯——青海文艺家浮雕》三本书，都是2020年中宣部文化名家暨“四个一批”人才工程资助自选项目。由衷感谢国家政策给予一个边地作者的巨大恩惠，感谢时代造就的机缘，感谢给予我关注、支持的单位领导、朋友和家人，感谢我心仪已久的广西师范大学出版社，感谢伯乐多马相马，能够相中我的作品，让我享有了高一级的体面和荣耀。

2021年11月17日于湟水之滨南岸卧尝斋